L'AMOUR EST DANS LES PRÉS

SOPHIA LAURENT

EDEN

Couverture : Shutterstock / Studio City

ISBN : 978-2-8246-1500-4
Code Hachette : 61 6498 6

Collection dirigée par Christian English & Frédéric Thibaud
Catalogues et manuscrits : city-editions.com/EDEN

Dépôt légal : Juin 2019

Prologue

Connaissez-vous Paxie Harwell ?

New-zork – 15 octobre 2018

Elle a trente ans, elle est millionnaire, belle et célibataire. Elle s'appelle Paxie, un prénom peu courant pour une « fille de » discrète. Vous avez peut-être entendu son patronyme quelque part, mais cette probabilité reste à ce jour peu concrète. En effet, malgré son compte en banque à plusieurs chiffres, la fille de William et Keira Harwell sait se faire oublier des journalistes et des photographes, afin de préserver son anonymat.
Mais jusqu'à quand ? Certains parlent d'elle comme la future Kim Kardashian, surtout depuis qu'on lui prête une histoire avec Logan Marks, célèbre entrepreneur régulièrement immortalisé sur les pages de notre magazine pour ses frasques avec la planète people.
Quant à nous, nous misons tout sur elle pour l'année 2019. Non pour son couple, mais parce qu'elle a tout pour devenir une Very Important

Paxie. Chez *New-Zork*, nous avons le flair pour ça !
Et vous, qu'en pensez-vous ? Paxie Harwell est-elle la prochaine star des tabloïdes ? À vous de parier…

1

La foule. Le champagne. Les stars de télévision et les millionnaires qui se pavanent et draguent, parés de leurs meilleurs atours. Pas de doute, je suis bien dans l'une des soirées organisées par Petra, la reine de la nuit new-yorkaise. Les robes de grands créateurs et les smokings hors de prix se côtoient, les célébrités rivalisent d'éclat, leurs coupes de bulles à la main. Qui aura le plus imposant diamant, qui aura les chaussures les plus chères, mais surtout qui fera le plus parler de lui dans les magazines ?

Plantée à côté du buffet, j'observe les invités danser et rire. Les flashs crépitent, immortalisant l'instant. Petra a convié les journalistes des plus illustres revues. J'évite donc les photos en me cachant près du bar, là où personne ne pense à aller. La maigreur est à la mode, en ce moment.

Même si je suis millionnaire grâce à la fortune de mes parents, je n'ai jamais été alléchée par la célébrité. Beaucoup de mes amies ont déjà plongé dans cette folie et signent des autographes à volonté. Pour moi, c'est quelque chose de très peu attirant. Bon, oui, parfois je suis « paparazziée » et on parle de moi dans les pages financières ou people. C'est presque obligatoire quand on est une « fille de ». Mais j'évite au maximum les flashs, la vie incognito est beaucoup plus confortable à mes yeux.

Logan arrive vers moi. Dans son costume gris anthracite et avec ses beaux cheveux blonds encadrant son visage, il me fait penser à ces hommes torse nu sur les couvertures de livres romantiques : sensuel, irrésistible, sexy en diable. Il pioche un canapé au concombre, puis se place à côté de moi.

— Tu épies les gens ?

— C'est mieux que de danser sur cette musique, non ? Franchement, qui peut réussir à être élégant sur un son pareil ?

— Moi.

Je ris devant son regard pétillant de malice.

— Ce n'est pas comme ça que tu me pousseras sur le *dancefloor*, Logan.

— Tu es sûre ?

Il m'attrape par les mains après avoir reposé ma coupe d'un air décidé, ne me donnant pas le temps de réagir. Je glousse comme une gamine quand nous atterrissons au milieu de la piste de danse. Ma robe Versace m'empêche de faire de grands mouvements, donc je me contente de faire onduler mon corps, les bras autour des épaules de mon ami. Il embrasse ma peau sous mon oreille, laissant un sillon brûlant sur mon épiderme, à l'endroit où ses lèvres m'ont frôlée.

Il faut dire que Logan et moi sommes plus que des complices. Nous partageons une certaine tendresse… et aussi notre lit. Sans promesses, sans prise de tête. Lui et moi ne voulons pas nous attacher, alors, nous nous offrons du bon temps, en toute tranquillité.

— Tiens, voilà le dragon qui vient vers nous, me souffle Logan.

Maryse, une célèbre créatrice de mode dont la réputation n'est plus à faire, arrive vers moi perchée sur ses Louboutin. Elle a l'air décidée à abattre quiconque se placerait sur son chemin. Quand elle m'attrape par le bras et tire dessus avec colère, je réagis à peine, surprise que sa hargne se focalise sur moi.

— Tu le savais, n'est-ce pas ?

Ses ongles sont plantés dans ma chair. Je lâche un hoquet de douleur et me dégage brutalement, la repoussant sur la piste. Déjà, des dizaines de personnes se sont tournées vers nous, appâtées par la scène que nous avons à offrir. Je vois aussi des appareils photo se tendre… aïe. Je n'ai vraiment pas envie que l'on me mentionne dans les pages people, surtout pour montrer que je me suis fait malmener par une idiote comme Maryse.

— De quoi tu parles, Maryse ? dis-je un ton plus bas, dans le but de la calmer.

— Mon investissement ! Je leur ai donné trois millions de dollars pour développer cette technologie « incroyable » qu'ils vantaient tant ! Et je suis certaine que c'était pour en profiter ! Quand on est corrompu, on l'est jusqu'au bout !

Ses yeux me lancent des éclairs, de fines ridules sont apparues au coin de ses lèvres. Si elle n'était pas entièrement refaite, je suis sûre qu'elle serait aussi fripée que mes mains quand je sors du bain.

— Je ne vois absolument pas de quoi tu parles, répliqué-je avec flegme.

— Bah oui, c'est ça ! Écoutez tous ! (Elle tourne sur elle-même, faisant de grands gestes pour attirer tous les regards.) La famille Harwell nous vole, et en plus, elle ose faire comme si de rien n'était ! Ils nous ont pris notre argent, tous ! Keira, William, Paxie ! Ce ne sont que des… des escrocs !

— Mais tu divagues ou quoi ? m'écrié-je, abasourdie. Je suis…

— Oh, non, Paxie…

Je pivote vers Logan. Blanc comme un linge, il me tend son smartphone dernier cri. Il vient de recevoir un texto… de ma mère. Elle lui demande de quitter la ville avec moi, le plus vite possible. En allant chercher mon téléphone dans ma pochette Gucci, je constate qu'elle m'a envoyé dix messages du même type. Je ne les avais pas lus, il était en silencieux. Je ne réalise que maintenant l'urgence de la situation. Quelques mots agrippent mon regard tandis que je survole les SMS :

Enquête, police, prison… FUIS

Mais… mais que se passe-t-il ?

— Paxie ! Paxie !

J'oublie Maryse pour me concentrer sur mon manager, qui fend la foule regroupée autour de nous pour venir dans notre direction. À son air, je comprends que quelque chose de grave a eu lieu. J'ai l'impression que la soirée est en train de se transformer en *Amour, gloire et beauté*. Et que je suis la principale actrice de cet épisode inattendu.

— Marco ? demandé-je, inquiète. Tu sais ce qui se passe ? Pourquoi maman m'a-t-elle envoyé un message alarmant ?

Il tourne sur lui-même et jette un coup d'œil incendiaire à un journaliste, qui répond de plusieurs crépitements de flashs. Puis, il m'attrape par le coude, me tirant vers lui pour m'obliger à le suivre.

— Il faut que tu viennes avec moi, maintenant, ordonne-t-il en voyant que je résiste.

Il cloue le bec de Maryse d'un regard, lui interdisant ainsi de poursuivre son scandale. Le feu aux joues, je lui emboîte le pas sans avoir dit au revoir à Logan, poussée par la peur et la honte. Des murmures rythment notre progression à travers la foule. Tout le monde s'est tourné pour nous fixer, lâchant des commentaires tout le long de notre avancée. Quand nous quittons enfin la salle et déboulons sur le trottoir humide, j'ose poser la question qui brûle mes lèvres :

— Marco ? Qu'est-ce qui se passe ?

— Tes parents viennent d'être appréhendés.

— Quoi ? Pourquoi ?

Mes parents sont les personnes les plus honnêtes que je connaisse, comment pourraient-ils se faire arrêter ?

— Leurs avocats sont sur les dents pour les sortir de ce guêpier, mais l'accusation est lourde. Ils ne peuvent pas faire grand-chose pour l'instant…

— Mais quelle accusation ?

— Plus tard.

— Marco, je veux savoir !

Il pousse un soupir et m'indique une limousine garée le long du trottoir. Nous montons dedans, Marco referme la portière sur lui. Les bruits du monde s'éteignent instantanément, comme si on avait appuyé sur le bouton pause. Je crispe mes mains sur la banquette. Arrêtés ? Mais pourquoi ? Comment ?

Marco, désormais assis en face de moi, pose sa paume sur mon bras, les gestes empreints d'une douceur paternelle. Je tressaille pourtant sous son contact. Impossible de sortir ce mot de ma tête : « arrêtés ».

— Il faut que tu comprennes que tu ne peux rien faire, Paxie. Pour tout te dire, le FBI tournait autour de tes parents depuis un moment, mais ils n'ont jamais souhaité t'en parler. Ils ne voulaient pas t'inquiéter.

— Mais quelle enquête ? Marco, c'est quoi cette histoire ?

— William et Keira sont accusés de fraude financière. Le FBI leur est tombé dessus aujourd'hui. Ils ont été emmenés en maison d'arrêt.

Je place ma main devant ma bouche, horrifiée. Mon manager continue d'un air contrit :

— Ta mère m'a demandé de prendre soin de toi pendant le temps que durera leur enfermement.

— De moi ? Comment ça, de m… Marco, j'ai trente ans, je n'ai pas besoin qu'on s'occupe de moi ! dis-je, les larmes aux yeux. Préserve tes forces pour eux, plutôt, pas moi !

Il détourne le regard et gratte l'arrière de sa tête. Un frisson glacé traverse mon corps. J'ai tellement peur pour mes parents.

— Paxie. Tu dois comprendre une chose. C'est une enquête fédérale qui touche toute la lignée Harwell encore en vie. Keira, William et toi. Ce qui signifie que… (il se racle la gorge) que tous les comptes de la famille ont été gelés pour le bon déroulement des investigations. Les habitations de tout le monde, y compris la tienne, ont également été placées sous scellés.

Je pousse un couinement étouffé. Si je comprends bien Marco, ce qu'il m'explique, c'est que…

— Je suis une sans-domicile ?

— Pour quelques semaines, oui. Les enquêteurs ont

accepté que tu passes récupérer quelques affaires chez toi, sous la surveillance de l'un d'eux. Et ensuite, Paxie…

— Ensuite quoi ? Ne me dis pas que je vais devoir dormir dans l'un de ces hôtels miteux ?

Il plisse les lèvres. Je crispe mes mains sur le cuir du fauteuil, nerveuse. Je ne suis peut-être pas une adepte de la célébrité et du « regardez-moi, je suis la plus riche et la plus belle », mais j'aime mon confort ! À ce jour, je ne suis jamais descendue dans un palace qui avait moins de cinq étoiles, et je ne veux pas commencer aujourd'hui à défier mes habitudes.

— Marco, que me caches-tu ?

— Tous tes comptes sont gelés, Paxie, tous. Cette enquête n'est pas une broutille, le FBI souhaite tout contrôler, absolument tout. Tu as beaucoup de chance de ne pas te retrouver en maison d'arrêt avec tes parents. Ils n'ont absolument rien contre toi, ce qui te laisse la possibilité de rester libre. Mais, tu n'as plus accès à tes finances. Tu comprends ce que ça signifie ?

— Que je vais devoir descendre dans un quatre étoiles ? dis-je, horrifiée.

— Tu ne peux pas te permettre un quatre étoiles, Paxie, répond-il en secouant la tête.

— Mais alors…

— Écoute, Paxie. Tu vas être la cible des journalistes d'ici très peu de temps. Tout comme ta mère, je pense donc qu'il n'y a qu'une solution : fuir à des centaines de kilomètres de New York. Je t'ai pris un logement, loin d'ici. Tu as un train demain midi, direction le Wyoming. Là-bas, tu pourras te faire discrète et demeurer hors de portée des paparazzis. Tu y resteras le temps que cette enquête se tasse et que les charognes des magazines à scandale t'aient oubliée. D'accord ?

— Je ne veux pas abandonner ma famille ! m'écrié-je en roulant les yeux.

— Tu n'as pas le choix. Je vais te donner de quoi vivre à la campagne durant quelques semaines. Tu devras faire très attention à ton budget, comme à tes fréquentations.

— Mais je ne peux pas quitter la ville en laissant tout derrière moi, rétorqué-je.

— Si. Il le faut. Tu dois partir loin de New York, Paxie, avant que ton nom ne soit traîné dans la boue.

Il y a un agent fédéral devant ma chambre. Un type avec un flingue, qui me surveille depuis que je suis entrée chez moi, dans ma maison de l'Upper East Side. Je n'arrive pas à croire ce qu'il se passe. Mes parents, cette enquête, mes comptes gelés, cet endroit où m'envoie Marco et dont je ne sais rien… Comment vais-je survivre à tout ça ?

— Mademoiselle, vous avez bientôt terminé ?

Je renifle et saisis une valise dans mon armoire, puis je file en direction du dressing, le cœur en miettes. Je ne peux même pas prendre le temps de pleurer sur mon sort, cet idiot de policier me pousse à me dépêcher. Mon smartphone sonne au moment où j'attrape mon bagage.

Logan : J'espère que tout va bien ?
Paxie : Non, pas vraiment. Mais je n'ai pas trop envie d'en parler maintenant. Logan : Appelle-moi dès que possible.
Paxie : Promis.

Je range mon téléphone et tourne sur moi-même. Que doit-on emporter quand on fuit la ville ? Cette robe Elie

Saab ? Mon kimono Valentino, peut-être ? Oh, ma capeline Dior !

— Mademoiselle, insiste le policier à travers la porte.

Inquiète à l'idée qu'il me vire de mon propre domicile, je m'empare rapidement de tout ce qui se trouve sous ma main et le jette dans mon bagage. Puis, je cours dans la salle de bain et fais de même avec un lot de mes produits de beauté.

Enfin, j'attrape quelques chaussures que je balance dans un sac à main Prada, puis je file en direction du couloir, où m'attend le chien de garde en mode grognon. Je passe devant lui, la tête haute, pour me diriger vers la limousine. Ce n'est que quand la porte de mon chez-moi se referme derrière moi que je réalise : je viens de perdre une partie de ma vie, et je ne sais pas quand je pourrai la retrouver.

La famille Harwell tombe de haut

New-Zork, 22 octobre 2018

Il y a quelques jours, nous vous parlions de Paxie Harwell, la future reine des potins de star, selon nous.

Il faut croire que l'éditorial de votre magazine préféré a des dons de voyance : la famille la plus riche de New York est aujourd'hui sur le point de tout perdre ! Après avoir joué avec de l'argent durant plus de trente ans, Keira et William Harwell ont été emmenés en maison d'arrêt, suspectés

de fraude financière. De quoi faire basculer tous les projecteurs sur eux!
Quant à leur fille, elle a fui la ville pour échapper au déshonneur des siens. À *New-Zork*, nous nous posons la question : où a-t-elle pu aller? Europe, Asie, Antarctique? Et vous, qu'en pensez-vous? Où Paxie peut-elle bien se cacher, selon vous?

2

Le trajet en train a été horrible. Il y avait un homme qui ronflait sur mon épaule, un enfant qui n'arrêtait pas de pleurer de l'autre côté du couloir, et on ne m'a même pas servi de champagne ou de repas convenable. J'ai dû acheter un sandwich infâme à dix dollars, que j'ai à peine pu avaler tant la boule dans ma gorge était importante.

Et, maintenant, j'essaye de trouver mon chemin pour sortir de la gare. Il est tard, je suis épuisée et, pourtant, je dois encore dénicher le moyen d'aller jusqu'à mon logement. Pour couronner le tout, je panique à l'idée que des paparazzis m'aient suivie et fassent de moi la nouvelle coqueluche des journaux à scandale, mon pire cauchemar.

L'inconvénient quand on veut rester incognito au milieu d'un endroit bondé, c'est que l'on est obligé de garder ses lunettes de soleil, même quand il fait sombre. Très sombre, en l'occurrence. La nuit est tombée, la gare mal éclairée… J'essaye de me repérer, ma valise à la main. Mais difficile de savoir vers où je me dirige. Je marche un peu à tâtons, à l'aveuglette, en me fiant aux personnes devant moi. C'est donc pour ça que j'arrive dans les sanitaires femmes au bout de cinq minutes.

Ce n'était pas vraiment là que je souhaitais aller, mais maintenant que j'y suis…

Je me rends dans la première cabine libre et m'installe du mieux possible, c'est-à-dire en équilibre au-dessus du trône de porcelaine, les genoux fléchis, perchée sur mes talons aiguilles comme une autruche qui aurait des rhumatismes. Surtout, ne rien toucher. Ni les parois, ni la cuvette, ni le sol, ni… Enfin, rien. Absolument rien.

C'est au milieu de ce grand exercice d'acrobatie que j'entends mon nom. Je tressaille et tends l'oreille, accentuant encore plus la dangerosité de ma position.

— Vous avez vu les journaux, l'affaire de cette famille, là, les Harwell ? Il paraît qu'ils sont ruinés, énonce une femme à la voix nasillarde. Les actions de leurs entreprises ont toutes chuté depuis l'arrestation du couple !

L'autre acquiesce d'un « hinhin » qui me fait grincer des dents. Ruinés ? Non, juste temporairement dans l'incapacité de faire usage de l'argent présent sur nos comptes bancaires. C'est ce que Marco m'a dit quand j'ai fait ma crise de panique, celle qui a suivi le moment où j'ai réalisé que j'allais devoir prendre le train toute seule, en classe économique.

—De toute façon, c'était sûr. Une famille comme ça, ça cache toujours quelque chose.

— La prison, ça va les changer… Le costume orange et la tambouille, ça diffère du Dior et des homards !

Papa et maman derrière les barreaux. Je ne peux même pas imaginer cette hypothèse. Ma mère ne supporte pas de vivre sans sa coiffeuse, sa maquilleuse, son styliste et sa manager à ses côtés. Oh, et quand mon père se déplace, il a besoin au minimum d'un convoi de trois voitures, pour emporter tout son entourage. Aller en prison les tuerait. Il faut qu'ils sortent de cette maison d'arrêt au plus vite, que leurs avocats se bougent les fesses !

— On dit que les trafics de William vont propulser toute la famille vers la ruine.

— Oui… En même temps, ils l'ont bien mérité !

J'arrondis le regard, estomaquée. Nous, nous l'avons bien mérité ? Mais…

— Je ne supporte pas ces riches qui vivent sans faire attention aux autres. Ils sont pleins de fric et ils se foutent du petit peuple. Alors, s'ils sont envoyés en taule, tant mieux ! Et sinon, tu as vu la dernière info sur Beyonce ? Il paraît qu'elle…

Je bous de l'intérieur tandis que ces mégères continuent de lâcher leurs potins de stars. J'ai tant envie de leur clouer le bec ! Je m'imagine bien donner un grand coup de pied dans le battant de bois pour entrer en scène comme un cow-boy le ferait dans les saloons, poings à la taille et clope aux lèvres. Mais, de un, je n'ai pas encore remonté ma culotte. De deux, je n'ai pas de cigarette sur moi. Et, de trois, je ne suis pas sûre que j'arriverais à repousser la porte avec un coup de talon. Surtout étant donné l'état de mes pieds.

Alors, je les laisse partir, figée dans ma position. Elles poursuivent leur discussion puis s'éclipsent. Je me mords la lèvre et sors à mon tour de la cabine. En croisant mon reflet, temporairement débarrassée de mes lunettes de soleil, je constate que mes joues sont rouges et mon regard fiévreux. Comment ces femmes peuvent-elles parler ainsi de ma famille ? Nous ne sommes pas ce qu'elles imaginent, loin de là. Mon père est un homme d'affaires honnête et vertueux. Ma mère est la personne la plus courageuse que je connaisse. Et ceux qui pensent le contraire ne sont que des imbéciles.

Après avoir séché mes mains avec un infect morceau de papier râpeux, je sors des sanitaires en remontant le col de mon trench jusqu'à mes pommettes. La gare s'est vidée, peu de gens restent dans le large espace. Je me dirige vers la rangée de voitures garées devant l'établissement et embarque dans le premier taxi. L'homme se tourne vers moi et hausse les sourcils.

— Elle va où, la petite dame ?

La petite dame ? LA PETITE DAME ? Je ne suis pas une petite dame ! Je suis une millionnaire appauvrie qui est obligée de se cacher dans le coin le plus perdu de l'Amérique ! Mais je ne suis pas une PETITE DAME !

Réfrénant mon envie de lui hurler dessus, je sors le papier plié dans ma poche, celui que Marco m'a donné et où est inscrite l'adresse de mon refuge. Je le tends au chauffeur et me renfonce dans mon fauteuil. Il siffle en voyant ce qui est noté :

— Mais c'est qu'elle va au fin fond de la cambrousse ! Mettez votre ceinture, ma petite dame, on en a pour une bonne heure de route.

Il démarre en chantonnant, comme s'il ne venait pas de gâcher davantage ma journée déjà pitoyable. La campagne. Le bout du monde. Un lieu où Internet et la télévision n'existent peut-être même pas, qui sait ? Voilà où Marco m'envoie. Pourquoi ? Pourquoi moi ? Je hais déjà cet endroit avant de le connaître. Il est trop différent de mon quotidien, de mes rues bondées, des cafés latte caramélisés, des tours new-yorkaises. Trop loin… Beaucoup trop loin.

3

C'est un cauchemar. Le gîte est une vieille bâtisse en pierres blanches, en forme de U. Un labrador attaché au bout d'une corde aboie depuis mon arrivée, se déchaînant sur moi comme si j'étais un cambrioleur venu visiter sa maison. Tout autour de ce qui paraît désormais être une ferme, des champs. Une imposante grange s'élève sur le côté droit, duquel s'échappent les meuglements des vaches. Une immonde odeur de foin, de terre et de fumier flotte dans l'air.

Je n'ai qu'une envie : déguerpir. Pourtant, je me vois appuyer sur la sonnette et danser d'un pied sur l'autre, aussi gauche qu'une gamine. Une dizaine de secondes plus tard, un homme sort de la maison et avance vers moi d'un pas vif. Je l'observe, accrochée aux barreaux du portail, giflée par le vent froid d'octobre. Chemise à carreaux blancs et rouges, pantalon en toile et bottes qui montent aux genoux, son style n'échappe pas aux clichés du genre. Niveau physique, ce n'est pas beaucoup mieux… Cheveux noirs hirsutes, barbe qui descend jusqu'en bas de son cou et les bras pleins de terre, il ressemble à un ermite quittant sa grotte. Je sursaute et fais un pas en arrière quand il s'arrête de l'autre côté du portail et tend la main vers moi, à travers les barreaux. Il ricane. Son rire, chaud et profond, me pousse à avancer de nouveau pour attraper sa paume, même si je suis quelque peu vexée.

— Vous devez être Paxie Higgins ? soulève-t-il tandis que nous nous saluons.

Higgins. C'est mon nom d'emprunt. Pour ne pas être reconnue, parce que je dois être discrète, puisque ma famille est déshonorée et blablabla et blablabla. Repenser aux paroles de mon manager me rend malade d'angoisse, alors, je les balaye du mieux possible, afin de me concentrer sur le présent.

— C'est bien moi.

Il me lorgne avec attention, s'attardant longuement sur mes yeux. Je fronce les sourcils, sans comprendre. Puis, soudain, je me souviens que je porte mes lunettes de soleil. Ce qui explique pourquoi il me paraît aussi bronzé.

— Ah, oui, marmonné-je.

J'hésite un quart de seconde puis les retire lentement, en retenant ma respiration. Heureusement, il ne réagit pas en découvrant mes traits. Il n'a pas lu les journaux à scandale qui profitent du malheur de ma famille pour faire des ventes.

— J'ai simplement les yeux sensibles, dis-je en voyant qu'il a l'air intrigué.

Il hoche la tête et tire le portail de métal, qui grince comme dans les films d'horreur. Durant un laps de temps beaucoup trop long, j'hésite à faire demi-tour, les pieds tournés vers la gauche, les mains tremblantes. Puis, je me rappelle que je suis ici pour quelques jours tout au plus, d'après ce que Marco m'a expliqué. Alors j'entre en prenant une profonde inspiration. Il me regarde faire, le visage penché vers son épaule. Quand la grille se ferme derrière moi, mon cœur se met à battre à toute vitesse. J'ai l'impression de poser un pied en enfer, même si je sais que ce n'est que temporaire.

— Je vous ai préparé une très jolie chambre, vous verrez, dit-il en se dirigeant vers la ferme.

Je trottine derrière lui pour ne pas le perdre dans la nuit tombée. Un brouillard fin s'est levé et me fait grelotter. L'odeur de terre retournée me prend vite à la gorge. J'enfonce mon nez dans le col de mon manteau, les épaules basses. Au bout d'un temps qui me semble démesuré, nous arrivons dans la maison. Il s'essuie les pieds sur un tapis marron qui paraît avoir vu la guerre. Je l'imite en me maudissant d'avoir opté pour mes stilettos. De la boue s'est engluée entre le talon et ma semelle et refuse de partir, même si je frotte mes chaussures pendant d'interminables secondes.

— Vous devriez les enlever, lance-t-il d'un timbre moqueur. Et préférer des bottes, peut-être plus adaptées à cet endroit ?

Je lui balance un coup d'œil assassin, consciente qu'il se retient difficilement de me rire au nez. Son regard le trahit, tout autant que les petites ridules qui sont apparues en haut de ses joues.

— Je sais très bien ce que je dois mettre à mes pieds, dis-je d'un ton sec.

Faux. Dans ma valise, j'ai emporté (enfin, jeté, plus exactement) des talons aiguilles, des escarpins, une magnifique paire de bottines en daim… Mais rien qui soit adapté à la terre, aux balades en forêt ou dans les champs. Je ne suis pas une fille de la campagne, moi. J'ai toujours vécu à New York, alors, en posant les pieds dans le Wyoming, c'est un peu comme si je découvrais une nouvelle planète.

— Si je peux me permettre, vous n'avez pas vraiment l'air de savoir où vous venez d'arriver, s'amuse-t-il, les sourcils levés en accent circonflexe.

— Ne vous permettez pas, répliqué-je en lui tournant le dos. Où est ma chambre ?

Après cette journée catastrophique et ce voyage horrible, je n'ai qu'une envie : prendre un bon bain chaud et plonger sous une couette bien moelleuse, pour dormir tout mon saoul jusque demain midi.

— Si vous voulez bien me suivre, je vais vous la montrer.

Nous passons dans un couloir entrouvert sur plusieurs salles. Je remarque un lit double placé au-dessus d'un épais tapis dans l'une des pièces, un canapé rouge et une télévision reliée à une console dans l'autre. Au moment où nous nous apprêtons à entrer dans la chambre qui m'est attribuée, je constate que de la musique s'échappe de la pièce d'en face. Quand je tourne la tête, je croise le regard d'une jeune fille qui se déhanche devant un miroir, les bras tendus vers le plafond. Elle arrondit les yeux en me voyant, stoppée net au milieu de sa danse, puis bondit vers sa porte pour me la claquer au nez.

— Ma fille, indique l'homme. Elle a douze ans et commence sa crise d'adolescence…

— Vous voulez dire que ma chambre se trouve en face de celle de votre fille ?

— C'est un gîte chez l'habitant, explique-t-il, vous logez dans la maison avec nous. Enfin, mes deux enfants et moi.

Mais ne vous inquiétez pas, ils savent qu'ils ne doivent pas ennuyer nos clients.

Je serre les dents. Marco ne m'avait pas parlé de ce « détail ». Ce n'est même pas un hôtel, dans lequel j'aurais mon intimité, mais une chambre dans une demeure familiale, que je vais devoir partager avec un ours et deux garnements.

Il ouvre la porte et se décale pour me laisser entrer.

— Bienvenue chez vous, madame Higgins.

4

La pièce est minuscule. En fait, elle fait approximativement la taille de mon dressing, tout compris. Heureusement, la tapisserie rose pâle crée une sensation de douceur à peine entrée dans les lieux, ce qui en compense l'étroitesse. Le lit est recouvert d'un édredon blanc et un tapis épais est placé au pied du meuble. Une petite salle d'eau jouxte la chambre.

Sans baignoire.

— Ouah, dis-je dans un soupir, tandis que le propriétaire dépose mon bagage au pied du canapé fuchsia.

— Vous ne me paraissez pas vraiment satisfaite, remarque-t-il en plissant les yeux.

Je ne réponds rien, désabusée. Je rêvais d'un bain à bulles avec une coupe de fraises et du champagne, je vais devoir me contenter d'une douche dans une pièce dans laquelle j'étouffe déjà.

— Vous verrez, cet endroit est très agréable.

Je ne commente pas, à nouveau. Il attend, imperturbable, debout devant la porte.

— Au fait, je m'appelle Warren, dit-il tandis que je m'avance vers la fenêtre.

— Hum ? Ah, d'accord.

Il esquisse un bref haussement d'épaules et s'éloigne en me laissant enfin seule. Je me déchausse alors et tombe de tout mon long sur le lit, les bras écartés.

— Paxie, qu'as-tu fait pour mériter ça ? murmuré-je pour moi-même.

Je ne suis pas un ange, loin de là. J'ai déjà menti et profité de ma richesse pour obtenir certaines choses… mais me voir sans un sou, à des kilomètres de ma maison, sans nouvelles de mes parents… C'est pire que tout.

Je ramène mes genoux sur mon buste. Je veux qu'on me masse le dos et qu'on prenne soin de moi. Je veux que mon manager s'inquiète de ma fatigue et qu'il me serve une tasse de thé pour apaiser mes tourments. Je veux entendre que tout va bien.

Ce qui n'est pas près d'arriver.

Derrière les carreaux, la nuit noire. D'ici, je vois quelques arbres danser sous le vent froid d'octobre. Je frémis et me redresse pour aller chercher un gilet en cachemire dans ma valise.

Puis, je m'assieds sur le lit et prends une profonde inspiration destinée à tempérer les battements anarchiques de mon cœur. Du calme, Paxie. Concentre-toi sur le présent. Uniquement le présent. Que ressens-tu, là, maintenant, tout de suite ?

Je… Une odeur. La chambre sent la lavande et le pin. Ce n'est pas du Chanel n° 5, mais c'est tout de même agréable. Tu vois, Paxie, il y a du positif partout, même dans le malheur.

— Allez, ce n'est que pour quelques jours… soufflé-je à mon intention. Bientôt, tu retrouveras ta vie, tes habitudes. Bientôt.

Je me relève et passe la main dans mes cheveux pour retirer les pinces qui retiennent mon chignon. Tout en les enlevant une à une, je repense à l'ours bougon qui m'a accueillie. Sa barbe hirsute, son visage ovale. Ses yeux d'un gris très clair, aussi parlants qu'une bonne dizaine de phrases. Warren. Loin des prénoms typiques des garçons sans intérêt, du style de Dan ou Fred. Au moins une chose attrayante chez lui.

Mes cheveux défaits, je file dans la salle de bain et ôte mes vêtements pour enfiler ceux de nuit. Puis, je plonge sous la couette et la rabats sur moi, désireuse de dormir et d'oublier cette journée où tout s'est effondré. Je n'ai désormais qu'une hâte : que cette enquête sur les finances de ma famille s'arrête et que je puisse retourner chez moi, dans mon cocon de confort… loin de cette campagne qui me donne déjà mal au ventre.

Leonardo DiCaprio est en train de me parcourir de baisers quand je sens quelque chose frôler ma joue. Je le repousse, une fois, deux fois, trois fois… Puis rouvre les yeux, brusquement tirée de mon rêve. Le bel acteur laisse place à l'obscurité… Et à une grosse bouille penchée sur moi, bouche bée et cheveux de feu autour du visage. Je recule en hurlant, surprise. La personne qui me regardait dormir aussi.

Quelques secondes plus tard, ma porte s'ouvre d'un coup, faisant apparaître un Warren torse nu, en pantalon de pyjama gris. Une bouffée de chaleur me happe tandis qu'il fait un pas dans la pièce, une lampe torche à la main. Plutôt bien bâti, l'ours.

— Tout va bien ?

Mon cœur bat toujours à toute vitesse, mais ma frayeur s'est tarie. J'ai compris que celle qui m'a fait si peur au réveil n'est qu'une gamine aussi effrayée que moi. Celle qui dansait dans sa chambre il y a encore peu de temps. Grace. Je hoche la tête en tentant de ne pas m'attarder sur la musculature à nu de mon hébergeur.

— Papa, je… commence Grace.

Je l'interromps :

— J'ai fait un cauchemar. La petite est venue voir si j'allais bien.

Grace soulève les sourcils en accent circonflexe, comme le fait son père. Je l'ignore et reporte mon attention sur mon logeur, en essayant de ne pas regarder son torse nu.

— Tout va bien, renchéris-je.

Il sourit brièvement, avant de lorgner à son tour en direction de ma poitrine. Je comprends pourquoi quand je me souviens que je porte une nuisette en dentelle et soie qui dévoile une grande partie de mon anatomie. Je me couvre aussitôt en tirant sur la couette, le feu aux joues.

— Vous pouvez y aller, ajouté-je.

Il opine. Il devient difficile pour moi de ne pas fixer ses belles épaules carrées. Il a peut-être une barbe de père Noël, mais son torse… miam.

— Bonne nuit, alors, souffle-t-il avec amusement.

Quand il referme la porte sur lui, je pivote vers la petite Grace. De longs cheveux roux encadrent son visage en forme de cœur. Ses yeux argentés, de la même couleur que ceux de son père, brillent dans l'obscurité. Un sourire timide relève ses lèvres.

— Merci, commente-t-elle. Je suis désolée de vous avoir fait peur.

— Pourquoi tu me regardais comme ça ? demandé-je en contrôlant que le drap couvre bien le haut de mon corps.

— Je voulais vérifier.

Elle a une fine voix fluette, encore teintée par les notes de l'enfance. Comme son visage, doux comme celui d'un ange.

— Vérifier quoi ?

Elle hausse brièvement les épaules.

— Que tu étais bien Paxie Harwell.

Oh. Diantre. Je place la main sur mon cœur qui vient d'émettre un raté. Cette petite sait qui je suis. Elle me connaît, moi, la fille unique d'un couple d'entrepreneurs riches comme Crésus. Pourtant, on ne peut pas dire que je sois une Kim ou une Paris. Je suis dix fois moins célèbre que mes consœurs (il faut bien noter que, moi, je n'ai pas fait de *sextape*).

— Tu sais qui je suis ? bredouillé-je, la voix marquée par la stupeur.

— Bah, oui. Je lis les articles people sur Internet. J'ai même vu celui qui raconte ce qui t'arrive, toute l'enquête sur ta famille.

On est déjà passé au « tu », ce qui m'arrange. Je déteste qu'on me vouvoie, j'ai l'impression qu'on me vieillit de quinze ans ainsi.

— Tu en as parlé à…

— Papa ? m'interrompt-elle. Bah, non. Parce que je me suis doutée que tu ne lui avais pas donné ta vraie identité, c'est logique. Tu fuis les paparazzis.

Cette gamine est un petit génie caché derrière un visage angélique. Je lève le pouce pour la féliciter de sa discrétion. Elle avance un peu sur mon lit et penche la tête, laissant ses boucles cascader sur sa fine épaule.

— C'est pas cool, ce qui t'arrive.

— Non, pas cool.

Je soupire. Pas cool, oui. Plus d'argent, plus de maison,

plus de dressing, plus de manager qui gère ma vie quotidienne. Plus rien. On m'a délestée de tout ce qui fait de moi Paxie Harwell,

« fille de ».

— Du coup, tu vas rester ici longtemps ?

— Je ne sais pas.

— Je peux t'aider à t'habituer à cet endroit, Paxie Harwell !

— Comment ça ?

Elle affiche un adorable sourire.

— Bah… tu sais, je peux te montrer comment on vit dans le Wyoming. Pour une fille comme toi, venir dans un coin comme celui-ci, ça doit être difficile. Alors, tu peux compter sur moi pour que je te dise ce qu'est la normalité !

Je crispe ma main sur le drap, touchée.

— C'est gentil.

Elle me fait un clin d'œil.

— En échange, tu m'oublieras pas quand tu seras à nouveau riche ? Tu pourras m'emmener dans de grandes soirées huppées ?

Elle ne perd pas le nord, la gamine. Je ris, amusée.

— Marché conclu.

Elle hoche la tête et saute au bas du lit.

— Super ! J'ai hâte de te montrer ce qu'est la vie à la campagne, Paxie ! Très hâte !

5

Le lendemain, je suis réveillée par les éclats dorés du soleil qui percent à travers les voilages blancs. Plus de trace de Grace, j'ai même l'impression d'avoir rêvé notre discussion cette nuit.

Je sors de mes draps et frissonne sous les températures fraîches. Ici, pas de chauffage sophistiqué, il fait si froid ! Je me dépêche de filer vers la douche et ouvre grand l'eau chaude pour me glisser dessous jusqu'à ce que ma peau soit rouge vif et que la buée ait envahi la salle de bain. Un moyen comme un autre de chercher un peu de réconfort après la journée d'hier. Quand je ressors, dans la chambre, enveloppée d'une épaisse serviette bien moelleuse, un tas de vêtements soigneusement pliés m'appelle, posé sur mon lit. Je m'en approche et découvre un pull en cachemire Valentino acheté à Naples l'an dernier, mon jean Prada préféré et une paire de bottines que je ne connais pas. Un petit papier est placé au-dessus du tout.

Je l'ouvre et souris en lisant les mots paraphés d'une écriture délicate :

Paxie : première leçon de campagne. Mettre des vêtements qui sont adaptés à cet environnement.

En attendant de trouver mieux, je t'ai sorti tes habits les plus simples. Les bottines sont à moi.
Grace.
PS Au passage, ta robe Dior est tellement belle que j'ai failli pleurer en la voyant.

Une vingtaine de minutes plus tard, je ressors de ma chambre avec sur le dos les vêtements préparés par Grace. L'adolescente a bien choisi : je me sens « normale » et beaucoup plus adaptée à mon environnement. Par contre, les bottines, ce n'est pas trop ça… J'évolue à la façon d'un cosmonaute sur la Lune. Chaque pas est accompagné d'une grimace. Ça fait donc ça, de mettre des chaussures plates ? C'est… étrange. À la maison, j'ai toujours au moins cinq centimètres sous le talon afin de compenser ma petite taille. Même mes pantoufles sont surélevées.

J'arrive dans l'espace repas et découvre une grande table en bois foncé, sur laquelle sont alignés des dizaines de pots de confiture, des fromages, des bagels… Warren y est déjà installé, tout comme Grace. Un garçon de treize ou quatorze ans aux cheveux blonds est assis près d'eux, ainsi qu'un homme d'une quarantaine d'années aux traits aristocratiques, élégant dans son veston en soie et sa chemise rayée bleu et blanc. Je m'avance vers eux, intriguée par celui qui ressemble vraiment beaucoup à Daniel Craig dans ses années James Bond.

— Bonjour, dis-je en les rejoignant.

Warren me répond d'un signe de tête, Grace me fait un coucou de la main. L'adolescent me calcule à peine… Quant à l'inconnu, il m'observe avec attention, l'œil de braise et étire un lent sourire charmeur. Oui, vraiment James Bond.

— Enchanté.

Il me suffit d'un mot pour avoir une idée de l'homme : sa voix est suave, pleine de promesses, de sexe et de fougue. J'en ai un coup de chaud.

Il me fixe tandis que je tire ma chaise et m'installe face à lui. La peau de mes joues me picote, surtout quand je fais semblant de ne pas voir le regard appuyé qu'il pose sur moi.

— Café ? me propose le propriétaire des lieux en m'extirpant de cet instant de gêne.

J'acquiesce d'un signe de tête et tends vers lui ma tasse de porcelaine. Il verse le breuvage noir sans sourire, le visage fermé. Quant à l'adolescent, il quitte la table avec un profond soupir et part dans les couloirs amenant aux chambres de la maison.

J'attrape un bagel au saumon et me mets à le picorer, lentement. Je sens toujours James me fixer, et l'ours à la barbe de trente jours m'ignorer. Quant à Grace, elle fait semblant d'être passionnée par la bande dessinée posée devant elle.

— Vous êtes ici en vacances ? lance soudain le sosie de James.

— Euh…

Un coup d'œil à Grace. Elle me fait aussi discrètement que possible signe de lui dire oui. Ce que je fais. James me sourit.

— Moi de même. Je viens visiter le coin, on ne m'en a dit que du bien.

Tu parles, ai-je envie de répondre. Bravo les vacances aux pays des champs infinis.

— Oui, effectivement, c'est très… rural.

— Je m'appelle Fred, dit le type.

Fred. Sérieusement, Fred ? Le prénom le plus *has been* de l'univers, pour un homme qui pourrait faire carrière comme top model ! Quelque chose ne va vraiment pas dans ce monde.

— Paxie, dis-je en essayant de contenir ma déception.

— Et mon père s'appelle Warren, lance soudain Grace avant de croquer goulûment dans ses cornflakes.

Oui. Très différent de Fred. Mais peu importe. Ce n'est qu'un prénom. Il a une barbe d'ours. Et Fred est le sosie de James Bond.

— Vous avez prévu de faire quelque chose aujourd'hui ? demande Fred.

La question qui tue. Si j'indique « me lamenter jusque ce soir en m'oubliant au fond de mon lit », ça risque de ne pas faire très chic. Il me faut quelque chose d'un peu moins tourmenté.

— Je… Hum. Je vais me promener. Visiter un peu les alentours de la ferme.

Un silence. Évidemment, réponse stupide puisqu'il pleut des cordes. Pourquoi n'ai-je pas parlé de shopping ? Il doit bien y avoir une ou deux boutiques intéressantes dans le coin ! Enfin, je l'espère… pour ma santé mentale.

— Je peux vous montrer le coin, propose Warren.

Je lui lance une œillade étonnée. Fred aussi.

— Non, ça va aller, rétorqué-je après avoir caché mon trouble derrière une gorgée de café. Je ne vais pas m'aventurer bien loin, juste me promener, voir les alentours… Rien de bien spécial… Et puis, je n'ai pas vraiment besoin d'un guide pour me balader, n'est-ce pas ?

J'aurais vraiment dû prendre un guide.

Je marche depuis une heure dans la campagne profonde du Wyoming, sous une pluie battante et un vent si fort que je dois avancer pliée en deux. D'abord, je voulais juste faire un tour d'une dizaine de minutes pour donner le change, avant d'aller m'enfouir sous mes draps pour ruminer en toute tranquillité. Mais, j'ai dû prendre un mauvais chemin à un embranchement, puisque je me suis vite retrouvée entourée de tournesols géants… et de rien d'autre. Pour être exacte, depuis quarante-cinq minutes, je n'ai plus vu trace de vie, uniquement des champs, des sentiers boueux et des oiseaux qui croassent et s'envolent sur mon passage.

Les fleurs jaunes ondulent sous l'effet du vent, comme possédées par des démons. Je frissonne. Je suis perdue, totalement perdue.

Je tape du pied contre la terre, projetant plein de gouttes marron sur mon jean. Je ne suis pas une demoiselle en détresse, je peux retrouver ma route ! Je me rappelle cette fois où, gamine, j'ai dû remettre la main sur mes parents dans une foule de mille personnes en folie, lors d'un gala de charité. Ma mère avait la même robe que toutes les autres, couleur champagne et cintrée à la taille. Quant à sa coiffure, elle était identique à celle de quatre-vingt-dix pour cent des femmes présentes. Pourtant, j'ai réussi à rejoindre maman, aidée par mon instinct de petite fille qui savait ce qu'elle voulait. Et parce que ma mère était celle qui avait un bracelet en diamant assez gros pour attirer toutes les lumières de la salle, aussi.

Certes, aujourd'hui, il n'y a pas de pierre précieuse pour me donner un coup de main. Mais je peux le faire, je peux retrouver mon chemin. Je suis Paxie Harwell, après tout. Je ne suis pas une fille stupide !

Bon, qu'est-ce que je sais sur les différentes façons de s'orienter, déjà ? J'ai bien dû voir ça dans un film… Je crois qu'il y a une histoire de mousse sur les arbres qui permet de retrouver le nord et le sud…

En même temps, je ne sais pas à quoi me servirait de retrouver le nord. Ou le sud. Et puis, il n'y a pas d'arbres ici, juste des tournesols.

Mais il ne faut pas désespérer. Je vais parvenir à me sortir de ce bourbier. Oui, bourbier. À cause de la pluie, mes pieds sont collés au sol par la boue. Chaque pas est une étape, comme si la terre retenait mes semelles de ses petits doigts argileux. Mon manteau est trempé, tout comme mes cheveux, car la capuche recouvre à peine la moitié de ma tête. Je suis frigorifiée, mes mains sont bleuies et les chaussures de Grace sont un mauvais souvenir. Donc… je le redis… oui, bourbier.

Une grande inspiration. Je vais me choisir une destination et aller tout droit, toujours tout droit. Je tomberai bien sur une maison à un moment ou un autre ! Et puis, je ne risque pas de mourir de soif, il pleut tellement que je peux boire les gouttes qui dégoulinent sur mon visage… ha ha ha… ha.

Je me remets vaillamment en route, sans prêter attention au bruit spongieux de mes semelles ni à l'eau qui a imbibé mes chaussettes après avoir traversé mes bottines. Je place dans mes oreilles mes écouteurs, balance une playlist depuis mon téléphone et avance au rythme d'une chanson de mon amie Ariana. C'est plutôt motivant… jusqu'à ce que la playlist passe une musique qui parle de mort, de solitude et de fin désespérée. Je me retrouve à sangloter, lancée dans ma marche presque funeste, mes larmes se mêlant à la pluie sur mes joues.

Je suis perdue. Ma famille est en plein milieu d'une enquête policière qui met en doute sa moralité. Mon manager m'a envoyée dans un coin paumé pour me faire oublier des journalistes. Et en plus, j'ai foutu en l'air mon plus beau jean. Si ça se trouve, je vais tomber dans un trou et je vais y sombrer jusqu'à l'année prochaine où on retrouvera mon…

Attendez une minute ! Ce n'est pas un panneau indicateur, ça ? Si ! Ferme des Hauts-Chapeaux. Trois miles.

TROIS MILES.

Mais je ne peux pas encore avancer sur trois miles dans mon état ! Je suis trempée, en train de me liquéfier et à deux doigts de faire corps avec la boue. Je ne peux pas faire autant de marche ! Il doit y avoir une autre solution !

Aller de l'autre côté que celui indiqué, peut-être ?

Ou alors, je prends mon courage à deux mains et je fonce. Je suis une Harwell, je peux le faire, après tout. Quand je faisais du shopping avec ma mère, enfant, et que nous faisions des allers-retours entre différentes boutiques des Champs-Élysées, on vagabondait sur bien plus que trois miles.

Allez. Je peux le faire. Je peux le faire !

6

Trois cents mètres plus loin, je suis KO. Impossible de lever le pied une nouvelle fois. Peut-être parce que la pluie a redoublé et que la boue colle encore plus à mes pieds. Ou alors, parce que j'ai si froid que je suis en train de me congeler sur place.

Je vais donc mourir ici, sur cette route de campagne, entourée de tournesols. J'ai toujours imaginé que je pousserais mon dernier souffle en robe de gala, au bras d'une star de cinéma… Mensonge. Erreur. Désespoir.

Que dira-t-on à mon enterrement? «Après une vie passée à parader dans les galas et les soirées somptueuses, Paxie nous a quittés sur une petite route du Wyoming, enveloppée dans un manteau de boue et de solitude.» Charmant.

J'en suis à me chercher une épitaphe correcte à graver sur ma future pierre tombale quand j'entends un moteur vrombir dans mon dos. Je me retourne d'un bond et entrouvre la bouche, folle de joie, en voyant un véhicule tout-terrain avancer dans ma direction. Il s'arrête devant moi, la portière passager s'entrouvre, j'entends un «montez» qui me donne autant de plaisir que le ferait un Cosmopolitain servi par Bradley Cooper. Je me dépêche de foncer dans la voiture… et arrondis le regard en découvrant l'ours qui m'héberge. Warren m'offre un sourire malicieux quand je ferme la portière derrière moi.

— Vous êtes la première de mes clientes que je dois venir chercher en plein milieu des champs, dit-il en mettant le chauffage à fond. Nous nous sommes inquiétés en ne vous voyant pas revenir malgré la tempête qui est arrivée.

— Nous ?

— Fred, Grace et moi. Et mon fils Liam aussi, bien sûr, même s'il est en pleine crise d'adolescence et qu'il ne montre pas vraiment ses émotions… Vous savez ce que c'est, les ados…

Je frotte mes mains devant moi, gelée, mais touchée. Fred s'est tracassé à mon sujet. Youpi ! La chaleur qui s'échappe par les bouches de ventilation me donne des frissons de plaisir.

— Je ne pensais pas me perdre. Mais…

— Mais, vous imaginiez que les routes étaient beaucoup moins biscornues ici.

J'opine d'un signe de tête. Il redémarre en lançant les essuie-glaces à leur vitesse maximale.

— Quelle idée aussi d'aller faire une randonnée sous la pluie…

Je me renfrogne devant le ton condescendant qu'il utilise. Il est qui, déjà, pour me faire une leçon de morale ?

— J'en avais envie.

— Et vous avez souvent « envie » de faire des choses stupides ?

Oh, ce qu'il peut m'agacer, lui ! Non, mais, si je veux me promener sous la pluie, je me promène sous la pluie !

— Mon esthéticienne m'a toujours dit que la boue était

bonne pour la peau, rétorqué-je en haussant fièrement le menton.

— Votre esthéticienne ne vous a pas expliqué qu'on pouvait attraper la mort à rester trop longtemps sous une pluie battante, dans un manteau qui ne doit vous protéger de rien ?

Je ne réponds pas, boudeuse. Il ricane et braque à droite. Déjà, la ferme se profile. En fait, je n'étais qu'à quelques minutes de la bâtisse ! Moi qui pensais être totalement perdue dans la nature… Je suis un vrai boulet. Un boulet trempé jusqu'aux os, moqué et qui passe pour la cruche de service.

Première chose que je fais en rentrant : filer sous une douche brûlante, la deuxième de la journée. J'y reste encore plus longtemps, jusqu'à ce que l'eau devienne froide. Une fois le ballon d'eau chaude vide, je passe la plus épaisse des serviettes autour de moi et file devant le miroir. Sans maquillage, sans artifices, sans les bons soins de ma maquilleuse et de mon coiffeur… je me sens banale. Creuse. L'argent permet d'être belle, attirante, sensuelle. La pauvreté… fait tout le contraire.

Et si je me maquillais moi-même ? À l'exception du trait d'eye-liner et du mascara, la dernière fois que ça m'est arrivé, je devais avoir quinze ans. Je me souviens que j'y arrivais assez facilement. Ça ne doit pas être bien compliqué.

Je me sèche et attrape ma trousse. Dedans, trois palettes, des mascaras, des pinceaux et plein d'autres choses dont l'utilité m'échappe. J'ai tout fourré en vrac lors de mon départ de la maison, sans vraiment savoir quel était le rôle de chaque produit.

Hésitante, j'opte pour un fard à paupières orange qui a l'air trop mignon. Ou alors, est-ce un fard à joues ? Peu importe, je suis sûre que ça va avoir un beau rendu. Becky, ma maquilleuse, utilise souvent cette teinte sur moi et c'est toujours magnifique.

Je passe le pinceau sur la poudre et en dépose sur ma paupière. Puis, j'ajoute une touche de rouge, qui devrait faire ressortir le maquillage. Je maquille ensuite ma peau, puis mes lèvres. Pour finir, je laque mes cheveux de façon à avoir une coque sur le devant, un chignon sur l'arrière. Je conclus le tout avec un nuage de parfum.

Quand je sors de la salle de bain, Grace est assise sur mon lit, un roman entre les mains. Elle lève les yeux vers moi… et pousse un petit cri, le regard soudain écarquillé.

— Mais… mais tu as fait quoi de ton visage ?

— Je me suis maquillée, dis-je en tournant sur moi-même.

— Mais t'as deux mains gauches, non ? C'est immonde !

Je tressaille. Et cours jusqu'au miroir placé derrière le bureau. Quand j'attrape mon reflet, je réalise que l'adolescente a raison. Mon maquillage ressemble à un déguisement d'Halloween. L'orange déborde autour de mes yeux, mon fond de teint forme un masque marron et mon mascara a coulé. J'ai l'air d'un panda roux sous stéroïdes.

— Mais, je…

— Le miroir de la salle de bain est teinté, explique-t-elle en se levant pour me tapoter l'épaule de façon compatissante. Il ne faut jamais l'utiliser pour se maquiller, jamais.

Je tombe sur le bord de mon lit, dévastée. Moi qui pensais m'être débrouillée, je me suis transformée en monstre de foire. Grace doit sentir ma déception, car elle file dans la salle de bain et revient avec ma trousse à maquillage, ainsi qu'un bol rempli de cotons.

— Bon, écoute, si tu veux, on peut corriger ça, OK ? Je m'en sors plutôt bien niveau *make up*, ma mère m'avait montré beaucoup de trucs et astuces. Et puis, avec YouTube, on peut apprendre un tas de choses…

Je renifle et passe la main sur mes joues désormais humides. Grace me désigne la chaise de bureau placée devant la fenêtre.

— Je vais arranger ça.

Une gamine de douze ans se propose de me maquiller. Et, moi, je suis tentée de dire oui. C'est ça, être désespérée ?

— Allez, s'il te plaît, insiste-t-elle en lisant mon hésitation. Je peux te faire un truc magnifique, fais-moi confiance…

Je hausse finalement les épaules, et lui fais signe que j'accepte. Elle pousse un petit gloussement ravi et se met à retirer le désastre sur mon visage, puis à repasser là où je me suis ratée (soit partout). Le pinceau glisse sur ma peau, réveillant en moi l'habitude d'être chouchoutée. Je me détends sous les soins de Grace, soudain apaisée. J'aime qu'on s'occupe de moi, c'est l'un de mes péchés mignons.

Au bout d'un temps trop court, le pinceau quitte mon visage. Grace tape dans ses mains, me faisant ainsi sursauter.

— Fini !

Je rouvre les yeux et croise mon reflet dans le miroir. C'est une Paxie différente qui me regarde, une fille aux yeux verts entourés d'une tendre couleur rose, aux joues dorées et aux lèvres délicieusement charnues. Un maquillage plus léger que celui que me fait Becky habituellement. Des couleurs qui me font penser aux fées, au printemps et à la douceur.

C'est…

— Merveilleux.

Je souris béatement, ravie.

— Grace, tu as un talent fou !

— Vive les tutos YouTube, dit-elle en haussant les épaules de façon naturelle. Maintenant, on passe à ta coiffure !

— Mais…

— Pas de « mais ». J'ai peut-être douze ans, mais j'ai des heures et des heures de visionnage de vidéos beauté derrière moi. Je suis sûre que je peux faire mieux que tous ces gens qui t'entourent habituellement…

— En fait, j'ai un coiffeur attitré, avoué-je en lui jetant un regard coupable. Il s'appelle Bernard, il est français et il… il n'arrête pas de changer la couleur de mes cheveux. Il veut que je sois différente, chaque semaine. Mais à la vitesse où il déploie ses produits pleins de trucs toxiques sur moi, j'ai peur d'être chauve à quarante ans…

Elle lève les yeux au ciel.

— Tu devrais garder cette couleur et uniquement cette couleur, énonce-t-elle en désignant mes cheveux noirs. Ils font ressortir tes yeux.

— C'est ma teinte naturelle, dis-je en pinçant une mèche entre mon index et mon pouce. J'ai tenu à la retrouver, il y a deux semaines. Bernard m'a laissée un mois avant de passer au violet prune, qu'il trouve particulièrement à la mode…

— Oublie Bernard, alors !

Elle sourit et attrape une brosse dans mes affaires, puis elle se met à me coiffer avec lenteur, les mouvements pleins d'une tendresse presque maternelle. J'ai limite envie de pleurer, ainsi chouchoutée par une gamine de douze ans qui pourrait presque être ma fille. Ces gestes sont si différents de ceux de Bernard, trop professionnels et vidés d'empathie… Quand elle arrête, une dizaine de minutes plus tard, je me sens toute chose, comme si j'avais retrouvé la douceur de vivre que je ressentais petite, alors que mes parents étaient encore près de moi. Je pivote vers Grace, les yeux humides.

— Merci… dis-je d'une voix tremblante.

— Tu devrais te regarder avant de me remercier, répond-elle toute joyeuse.

Je me tourne à nouveau vers le miroir et ouvre grand la bouche, stupéfaite. Elle ne m'a pas fait de chignon sophistiqué ni de boucles de haut niveau. En fait, elle m'a coiffée comme les filles « normales », mes cheveux drapant mes épaules de leur éclat. Je m'approche pour mieux voir. Rien de très élaboré ici, pourtant, je suis… belle. Naturelle. Différente.

Je cligne des yeux pour chasser mon émotion et attire Grace vers moi pour l'embrasser tendrement sur le front.

— Merci, ma chérie, murmuré-je, touchée.

C'est d'un air troublé qu'elle me sourit. Puis, aussi vite, elle se dégage et file vers ma valise.

— Tu as emporté des trucs cool ?

Je repense à tout ce que j'ai mis dans mon bagage en partant. Des robes de soirée, des vêtements d'été comme d'hiver, des pantalons de stylistes à peine portables… Je ne sais pas vraiment si quelque chose est « cool », là-dedans. Rien ne se mariera avec…

— Là, j'ai !

J'avance vers Grace, interloquée. Elle brandit une robe en velours et dentelle noire, victorieuse. Je reconnais là la pièce la plus incongrue balancée dans ma valise : une robe que j'avais enfilée lors d'une manifestation contre le réchauffement de la planète, cachée sous un immense chapeau et une paire de solaires géante. C'était il y a deux ans… et je ne voulais pas que la fille Harwell soit considérée comme une personne se battant contre ses propres parents…

Cette robe, je l'avais achetée parce qu'elle différait totalement de ce que je portais en temps normal. Parce qu'elle n'était pas moi. Et parce qu'aucun journaliste lisant un peu trop les pages people sur les familles aisées ne me reconnaîtrait avec. Je l'ai balancée dans mon bagage sous l'effet de la panique. Et maintenant…

— Cette robe est canon ! s'écrie Grace en voyant mon manque de réaction.

Je reste figée sur place, dubitative. Pourtant, j'ai envie de la croire. Parce qu'en quelques coups de pinceau et avec l'énergie débordante d'une adolescente de douze ans, cette gamine vient de bousculer tout ce que je suis.

Elle insiste en me tendant la robe ainsi qu'une paire de collants.

— Allez ! Va l'enfiler !

J'obéis en attrapant le vêtement, maladroite. Je file dans la salle de bain pour mettre la robe. Je frissonne en lissant le tissu posé sur mes courbes. Le miroir me renvoie l'image d'une autre Paxie, une fille que je ne connais pas. J'apprécie cet être différent que me retourne mon reflet, cette Paxie créée par le malheur comme par une adolescente de douze ans.

Je sors de la salle de bain, Grace m'attend, assise sur le lit. Elle bondit sur ses pieds en me voyant.

— Trop jolie !

Je lâche un faible sourire. Elle m'attrape par la main.

— Maintenant, on va montrer comme tu es belle à tout le monde.

Je m'arrête sec, obligeant l'adolescente à me lâcher. Elle se tourne vers moi, sourcils froncés.

— Tu viens ?

— Non. Non, je vais rester ici et… regarder la télévision.

Autrement dit : me cacher. Je ne veux pas qu'on me voie ainsi, si… si différente. J'ai l'impression d'être une autre Paxie, une marguerite à côté de la rose rouge que je suis habituellement. Impossible qu'on pose les yeux sur cette femme. Ce serait trop bizarre.

Grace tape du pied et place ses poings sur les hanches.

— Paxie. Je veux qu'on te voie comme ça !

— Pas moi ! dis-je en m'asseyant sur le bord de mon lit, décidée.

— Pourquoi ?

— Parce que… parce que…

Comment expliquer à une gamine de douze ans que rentrer dans la peau de cette fille dessinée par ses soins est trop effrayant ?

— Tu as peur ! s'emporte-t-elle.

— Non !

Si, *of course*.

— Allez, Paxie ! De toute façon, personne ne t'a reconnue ici, il n'y a que moi qui lis les magazines people. Ils ne verront pas ta « transformation ».

J'hésite, troublée. Je ne sais pas ce qui me perturbe autant… que l'on me voie différente de la Paxie que je suis habituellement, ou que… que Warren et Fred posent les yeux sur cette Paxie printanière.

Grace m'attrape la main et tire de toutes ses forces sur mes bras, ses joues rougissant sous l'effort. Je résiste durant quelques secondes avant de me laisser contaminer par sa joie, un rire filtrant entre mes lèvres. Elle ne me donne pas le temps de changer d'avis, m'emportant avec elle hors de la chambre. Les talons de mes chaussures, une paire de Jimmy Choo, claquent sur

le sol au rythme de nos pas. Plus j'avance, plus le bruit s'intensifie dans mes oreilles, parallèlement à mon palpitant qui s'emballe.

Quand enfin nous déboulons dans la pièce à vivre, les deux hommes et Liam, le fils de Warren, se tournent vers nous. J'observe le propriétaire des lieux plisser le regard, impassible. Fred ne cache pas son admiration en se levant, une main posée sur son cœur.

— Paxie… vous êtes… Wow… charmante.

Warren n'ajoute rien, ce qui, à mon grand étonnement, me pince le cœur. Pourtant, je vois ses prunelles glisser sur moi, me caresser comme on pourrait le faire d'une amante. Il ne dit mot, ne bouge pas, mais je me sens rougir comme une gamine. Fred doit le prendre pour lui, car il avance d'un pas, poussé à le faire par ma réaction puérile.

— Vous allez peut-être trouver ça grossier, Paxie, mais la question me taraude depuis ce matin… est-ce que je peux me permettre de vous inviter à dîner ?

J'entrouvre la bouche, surprise. Depuis ce matin ? Donc, depuis que l'on s'est croisés dans la salle à manger, au petit déjeuner ?

— Évidemment ! répond Grace à ma place.

Nous regardons tous les trois la petite, frappés par son intervention dans cet étrange instant. Son père lâche un grognement d'ours. Fred part d'un grand rire, hilare.

— Ce qu'elle est mignonne ! s'écrie-t-il en essuyant une larme de rire à ses yeux. Bon, Paxie, votre « manager » a déjà donné sa réponse, à vous ! Très chère, voulez-vous bien m'accorder quelques dizaines de minutes de votre précieux temps ?

Je ne sais pas si c'est le fait qu'il parle de « manager » ou son langage soutenu, mais je suis soudain partagée entre la Paxie qu'il voit et celle que je suis en temps normal : une fille riche qui choisit uniquement de belles gueules pour froisser ses draps. Celle-ci dirait « oui » pour le plaisir de passer un moment en compagnie d'un sosie de Daniel Craig (comme le vrai est marié, tristesse…). La Paxie « fleurale » hésite. Elle est ici pour se faire discrète, après tout.

Il insiste d'un regard, troublé face à mon mutisme. Je secoue alors la tête, comme pour arracher les pensées qui me traversent et les envoyer au loin. Je suis stupide. Ce n'est pas un peu de maquillage et la campagne qui feront de moi une autre fille. Je suis et resterai toujours cette Paxie qui vit au milieu de l'argent, même si, pour l'instant, on a appuyé sur le bouton « pause ».

— C'est d'accord, dis-je avec un grand sourire.

Warren s'éloigne pour s'installer sur le canapé, zappant avec énergie sur le câble. Il se cale dans les coussins, nous tournant le dos. Quant à Fred, il avance vers moi et m'attrape délicatement le bras.

— Merci, Paxie… je suis vraiment ravi de passer cette soirée avec vous.

7

Le restaurant où m'emmène Fred est niché au cœur d'une petite colline verdoyante. Entouré d'arbres centenaires et de buissons multicolores, il me laisse une vague impression d'entrer au sein du paradis, d'un endroit où la nature a pris le pas sur le reste. La sensation s'intensifie quand nous pénétrons dans le bâtiment après avoir quitté la chaleur de la berline argentée conduite par Fred. Des roses tombent du plafond, enveloppées de guirlandes dorées. Des nappes rosées et or parent les tables surmontées de grandes bougies blanches. Les serveurs, vêtus de costumes noirs, filent silencieusement de table en table pour satisfaire leurs clients.

Je retrouve, l'espace d'un battement de cœur, ma vie de tous les jours, même si elle est mêlée à celle, différente, de fille de la campagne. Il n'y a pas de tels restaurants, humant bon les fleurs et la tendresse, à New York. Personne n'arrive à reproduire ce qui se trouve ici : la nature.

Nous prenons place à une table, rapidement rejoints par un serveur qui nous demande ce que nous voulons boire. J'opte pour un verre de vin, Fred m'accompagne sur cette lancée. Une fois le garçon parti, mon compagnon d'un soir affiche un sourire en coin.

— Un Château Dassault 2009 ? Je ne vous imaginais pas si sélective, Paxie.

Pourquoi dit-il… attendez… je n'ai pas regardé le prix de ma boisson. Est-ce que j'ai… ? Est-ce que je viens de ruiner Fred ?

Je bafouille en lorgnant le verre rempli de vin, gênée au possible :

— Je… je peux prendre autre chose.

— Non, ne vous inquiétez pas ! De toute façon, on ne mourra pas entouré d'argent, n'est-ce pas ? Ça, c'est réservé aux Vikings… Je vous offre volontiers ce verre. Et puis, on dit que c'est l'un des meilleurs crus de l'année !

OK, la prochaine fois que je me saoulerai au Château Dassault 2009 avec mon amant, j'essayerai de penser à la somme que je suis en train de boire, promis.

— Je me pose une question depuis que je vous ai croisée, ce matin, reprend-il en me fixant avec attention. Qu'est-ce qu'une belle femme comme vous vient faire seule dans le Wyoming ? Vous fuyez quelqu'un ?

Il ricane de sa blague. Je m'efforce de faire de même, alors qu'il approche beaucoup trop de la vérité à mon goût.

— En fait, je…

Trouve un truc à dire, Paxie. Vite.

— … Je cherche l'inspiration. Je suis auteure.

Auteure de ma déchéance, oui. Mais bon, n'entrons pas dans les détails.

— Oh ! Et le Wyoming vous donne des idées ?

Puis-je lui répondre que oui, il me donne

particulièrement beaucoup d'idées le concernant ? Non, non, non et non. Sage, Paxie, sage.

— Quelques-unes… marmonné-je avant de prendre une grande gorgée de vin.

Je me précipite de demander :

— Et vous, que faites-vous par ici ?

— Je viens me ressourcer, explique-t-il en tirant sur le col de sa chemise. Vous savez ce que c'est, la vie professionnelle, le boulot qui ne vous quitte jamais, même à la maison… et, soudain, cette envie de tout abandonner, de craquer et de partir à l'autre bout du monde. J'ai réagi avant. Je me suis offert un mois dans le coin le plus paumé et vert de l'Amérique. Et, je dois bien vous l'avouer, Paxie, je ne regrette absolument pas mon choix.

Le regard appuyé qu'il me lance en prononçant ces mots me donne une bouffée de chaleur. Je recule sur ma chaise et me force à ne pas m'éventer avec ma main, harponnée par la tension subite qui émane de lui, l'envie qui se lit dans son magnifique regard de glace. Je crois que le beau blond a faim, très faim. Dans tous les sens du terme.

— Vous restez ici encore longtemps ?

— Je ne l'ai pas encore décidé…

Il affiche un sourire indolent, charmeur. J'ai soudain envie de lui mordiller la lèvre inférieure. La Paxie habituelle aurait déjà sauté sur l'occasion. Dans le milieu des millionnaires, il y a toujours un individu au sex-appeal fou pour vous emmener au septième ciel, que ce soit lors d'un gala ou un après-midi en présence d'investisseurs. Et, il y a Marco, qui est là pour rattraper mes erreurs et les faire oublier.

Aujourd'hui, je suis toute seule face au charme ravageur de Fred. Et je ne fais pas vraiment la maline.

Le serveur apporte nos entrées. Je remarque à peine le plat de langoustes, occupée à détailler le sensuel sosie de James Bond. Il desserre sa cravate d'un geste qui me donne un nouveau coup de chaud. J'aimerais bien l'aider à retirer ses vêtements…

— Et alors, ça… marche ? demandé-je après avoir avalé une bouchée pour cacher mon embarras. Vous arrivez à tout oublier, ici ?

Il secoue la tête.

— Jusqu'à hier. Mais, depuis ce matin, il y a de nouveau quelque chose qui m'obsède. Je déglutis, le visage brûlant. Des papillons viennent danser dans mon ventre.

— Le travail ?

— Pas vraiment, non.

Il se lève soudain, fait un pas vers moi pour s'arrêter devant ma chaise. Quand il me tend la main, je n'hésite pas et me lève à mon tour. Il attrape alors mes lèvres avec fougue, sa langue vient jouer avec la mienne. Je me régale à lui répondre, même si nous devons être la risée de tout le restaurant.

Quand nos lèvres se séparent, un grand froid tombe sur moi. Je me sens comme vidée de mon énergie. Mais la question qu'il me pose me redonne un coup de fouet :

— Ça vous dirait de passer au dessert ?

Il n'y va pas par quatre chemins, et ça me plaît. Il dépose quelques billets sur la table et m'entraîne avec lui dans la voiture, nos rires pour compagnons.

Diantre. Fred est encore meilleur au lit que ce que j'imaginais. Il vient de me quitter pour aller prendre une douche, me laissant au milieu des draps encore réchauffés par nos corps en feu. Ma peau picote à chaque endroit où il l'a embrassée, soit… partout. Ses mains ont parcouru mes courbes avec fougue, sa bouche s'est promenée sur moi. Je me suis perdue dans l'extase. Comme en temps normal, ai-je envie de dire. Ma vie est un mélange d'argent, de sexe et d'ambition. Avoir couché avec Fred me l'a bien rappelé. Dès que mes parents seront blanchis, je retrouverai mon quotidien.

Je me penche pour récupérer mes dessous balancés à terre et me hâte de les enfiler. Puis, je me lève et me mets à arpenter la chambre, sans vraiment savoir ce que je fais. Je n'ai pas envie d'attendre Fred au lit, pas après la séance de gym que nous venons de vivre. Je me demande si je devrais le rejoindre sous la douche…

J'envisage cette possibilité quand quelque chose attire mon attention, posé dans une coupelle sur le bureau. J'avance vers le meuble et plisse les yeux pour mieux voir malgré l'obscurité ambiante. Mon sang ne fait alors qu'un tour. L'excitation retombe net, tout comme la douceur de vivre qui me portait jusque-là.

Une alliance. C'est une alliance.

Furax, j'attrape le bijou et file dans la salle de bain, rejoignant Fred alors qu'il sort de la douche. Il tamponne ses cheveux trempés quand je tends l'alliance vers lui. Ses beaux yeux bleus se troublent, ce qui constitue le meilleur des aveux, à mon sens.

J'aboie :

— Tu es marié ?

Il ne répond pas, se contentant de se sécher les cheveux en détournant le regard. Je serre les dents et balance l'alliance dans le lavabo. Il tente de la rattraper, mais, trop tard. Elle est déjà engloutie par les tuyaux.

— Mon alliance ! s'écrie-t-il en arrondissant le regard. Ma femme va me tuer !

— Tu es marié !

La colère me fait voir trouble. Je donne un coup dans son torse, qu'il ne semble même pas sentir, concentré à trifouiller le lavabo pour essayer de récupérer sa bague.

— Tu es marié et tu m'as séduite !

Il arrête soudain de chercher sa bague et pivote vers moi, sourcils froncés. Son air de James Bond a disparu, pour laisser place au faciès typique des méchants de série B.

— Oui, je suis marié ! Et alors ? Tu ne me l'as pas demandé, non ? Je m'étouffe, estomaquée par ses propos.

— Parce qu'il fallait que je m'en assure ?

J'imite d'une voix niaise :

— Avant de coucher avec toi, Fred, peux-tu m'assurer que tu es célibataire ?

— Bah, ouais.

— T'es un sacré connard !

Je le repousse brusquement. Cette fois, j'arrive à le faire bouger. Il tombe même dans la douche, arrachant le rideau par la même occasion. Je l'entends grogner tandis qu'il essaye de se relever. Je retourne alors dans la chambre, enfile à la hâte mes vêtements et sors de la pièce en claquant la porte.

Comme d'habitude. Le cœur en miettes après le corps en feu. Tous les hommes sont vraiment des cons. Comment ai-je pu me laisser avoir, encore une fois ? Quand apprendrai-je qu'espérer ne sert à rien ?

À peine dehors, je tombe sur Warren. Un café à la main, la tignasse en bataille, le propriétaire des lieux m'observe avec incertitude, sourcils froncés.

— Tout va bien ?

C'est sûr que je dois avoir l'air un peu hagarde, le regard brillant, les cheveux défaits, les vêtements enfilés à la hâte et pleins de plis. Mais, qu'il se mêle de ses affaires ! Je n'ai pas envie d'attirer sa pitié. Alors, je lève fièrement le menton.

— Tout va très bien, je viens d'avoir un coup d'un soir avec un homme marié, c'est génial !

Il hausse les sourcils, comme il le fait si bien. Je siffle entre mes dents et file au bout du couloir retrouver ma chambre. Paxie Harwell et ses erreurs resteront à jamais en moi, même si j'essaye de me faire passer pour quelqu'un d'autre.

8

Le réveil qui suit ma désillusion est difficile. Pourtant, je devrais avoir l'habitude. J'ai eu de si nombreux coups d'un soir et tout autant de désenchantements… Peut-être que je m'imaginais qu'ici, dans la campagne perdue du Wyoming, c'était différent. Quelle gourde je suis !

Quelqu'un me secoue l'épaule. Je grogne et essaye de chasser cette main qui me force à émerger. En papillonnant des paupières, je découvre que Grace est installée sur le bord de mon lit. Cette gamine a décidément pris l'habitude d'entrer dans mes quartiers. Elle me sourit, toute contente d'elle.

— Alors, c'était bien, hier ?

Je soupire profondément. Je ne peux décemment pas expliquer la situation à une adolescente de douze ans.

— Pas terrible, marmonné-je en frottant mes yeux encore gonflés de sommeil.

— C'est pour ça qu'il est parti ?

Je tressaille et repose ma main pour mieux observer Grace. De qui parle-t-elle ? De Fred ? Elle veut dire que…

— Il a fui ?

— Il a réglé sa note ce matin et, zou, plus de Fred. Tu as passé une mauvaise soirée avec lui ?

Je retombe sur mes oreillers, perturbée par cette information. Je m'imaginais quoi ? Qu'il allait s'excuser de ne pas m'avoir dit qu'il était marié ? Non, il est trop lâche pour ça.

— Je n'ai pas envie de me lever, bougonné-je en rabattant ma couette sur mon visage.

J'entends Grace rire doucement.

— Allez, Paxie ! Il est presque midi, debout !

Presque midi ? Pas assez tard. Je veux rester dans mon lit jusqu'à ce soir. Ou jusqu'à ce que l'enquête sur ma famille soit terminée et que je puisse rentrer chez moi. Je veux mon quotidien de fille à papa riche. J'en ai marre de cette ferme.

— Veux pas me lever, répété-je.

— Tu pourrais aller te balader en ville…

Elle est mignonne. Et ça me servirait à quoi d'aller en « ville » ? Pas besoin de me promener dans un endroit où Starbucks n'existe pas. Je n'ai pas envie d'user mes chaussures pour voir trois vaches et un cow-boy.

— Pas envie…

— Il y a des magasins de vêtements, là-bas.

Je me redresse soudain, alarmée. Des magasins de vêtements ? Des magasins avec des habits à vendre ? De quoi me rhabiller ? J'ai besoin de me rhabiller.

— Prada ? demandé-je, soudain enthousiaste. Dior ? Chanel ?

— Euh… non. H & M, Mango… enfin, des magasins normaux, quoi.

J'affiche une moue ennuyée. Ah, oui. C'est vrai. Je n'ai plus d'argent. Ce qui va beaucoup me limiter pour le shopping.

Je me lève et vais voir ce que Marco m'a donné comme monnaie. Cinq cents dollars. Pas de quoi faire de moi une princesse de luxe. Au prix que je le paye, il aurait pu me donner davantage ! Il faut croire que mon manager est un sacré radin.

— Je suis hyper pauvre, dis-je en fouillant le fond de mon portefeuille à la recherche d'un emplacement caché recelant plein de billets. Tu te rends compte ? Cinq cents dollars ? Il n'y a même pas de quoi m'acheter un pull avec ça !

Les vendeuses que je côtoie habituellement me riraient au nez si je leur balançais le peu de monnaie que j'ai entre les mains. Ou alors, il faudrait que je m'offre un vêtement bas de gamme. L'horreur. Comme je l'ai déjà dit, j'aime mon confort. Et ce dernier passe par des fringues de qualité, taillées pour moi.

— Tu as largement de quoi t'acheter des vêtements, me corrige Grace. En fait, avec ça, tu peux avoir un habillement complet, Paxie.

Je la regarde avec hésitation. Elle est sérieuse, visiblement. Je ne vois pas comment on peut s'offrir quelque chose de beau avec aussi peu d'argent.

— Écoute, va en ville aujourd'hui et tu verras. Il y a plein de superbes choses dans les magasins !

— Tu viens avec moi ? demandé-je d'une petite voix, effrayée de parcourir seule un endroit que je ne connais pas.

— Je ne peux pas, je dois voir une de mes copines. On doit travailler sur un exposé ! Mais tu verras, ça ira ! Il suffit que tu prennes le bus et ensuite…

Je l'interromps, horrifiée :

— Le bus ? C'est encore pire que le train !

Le bus. De ce que j'ai pu en lire ou en entendre, c'est

un rassemblement d'odeurs, de personnes étranges et des trajets interminables.

— Non, impossible, dis-je, catégorique. Je vais rester ici.

Grace soupire et lève les yeux au ciel. Je l'ignore, sûre de moi : impossible que j'aille prendre le bus ! Les gens qui l'empruntent sentent la sueur ou ont mauvaise haleine. J'ai mes limites.

— Je prends le bus presque tous les jours, Paxie, me raisonne-t-elle en s'asseyant à côté de moi. Et je ne m'en porte pas mal.

— Oui, mais tu as douze ans, à ton âge, on s'habitue à tout.

— Tu as trente ans, pas soixante ! Tu peux encore t'adapter, toi aussi, j'en suis sûre ! Allez, fais-le ! Tu as besoin de voir un peu le vrai monde !

J'expire profondément, partagée entre l'envie de quitter cet endroit qui me fait penser à mon erreur d'hier, et celle d'hiberner jusqu'à ce que Marco me rappelle pour me dire que je peux rentrer chez moi. D'ailleurs, je n'ai toujours aucune nouvelle. De personne. Côté avocats, manager ou famille, *nada*. Aucune nouvelle. Mon ventre se tord rien qu'à imaginer l'état dans lequel doivent être mes parents.

En me voyant frissonner, Grace attrape ma main.

— Allez, tu peux le faire, Paxie Harwell. Ce n'est pas plus difficile que d'affronter les vipères de New York. Tu sais, celles qui sont jalouses de ta richesse…

Celles qui s'amusent à appeler les journalistes pour qu'ils s'intéressent à moi. Je vois exactement ce dont parle Grace. À cause de ces garces, *People* avait fait un encart sur moi, l'an dernier, en me prenant en photo démaquillée, à la sortie du lit, histoire de prouver comme j'étais malheureuse sans mari.

Elle a raison. Si je peux faire face à ça, je peux tout affronter. Je vais aller en ville !

J'ai remis mon jean, que j'ai retrouvé lavé et repassé sur ma commode, ce matin. Warren pousse le service satisfaction jusqu'au bout. Une fois ma vie rétablie, je parlerai de lui à mon entourage. Je vais faire de cet homme quelqu'un de demandé dans la haute société. Je lui enverrai les plus grandes stars. Il est peut-être brut de décoffrage, mais je suis agréablement satisfaite de ses services.

J'ai également enfilé un pull Zadig et Voltaire en laine, noir, tout doux ainsi que les bottines de Grace, fraîchement lavées, ainsi que mon manteau Blueberry. De quoi paraître à peu près normale. J'ai fait mon possible.

Le bus est passé à l'heure prévue. Moi qui imaginais devoir l'attendre un siècle, je fus sacrément surprise. À l'intérieur, seulement une quinzaine de clients. Des couples, des personnes âgées, des adultes seuls et un adolescent, casque Bose sur les oreilles, qui n'arrête pas de faire des bulles avec son chewing-gum. Je m'installe à côté d'une femme d'une soixantaine d'années, poussée par son air de gentille mamie. Elle me harponne tout de suite, après m'avoir lancé un large sourire édenté :

— Bonjour, mademoiselle ! C'est la première fois que je vous vois dans le bus, vous êtes de passage ?

— Oui, dis-je en gigotant sur mon siège, mal à l'aise (ce qu'ils peuvent être inconfortables !). Je suis ici pour quelques jours.

Enfin, je l'espère. Mais, normalement, l'enquête ne devrait pas durer des siècles. Du moins, c'est ce que m'a dit Marco.

— Vous allez découvrir la belle ville de Casper, alors ! C'est un endroit si beau… Feu mon mari voulait que nous

nous y installions, mais ma grand-mère m'avait légué une maison en campagne, alors…

Elle continue à papoter, me racontant l'histoire de sa vie. Le long des quarante minutes de trajet, j'apprends donc qu'elle s'appelle Karen et qu'elle a soixante-dix-huit ans. Elle m'explique également qu'elle est veuve depuis cinq ans et a treize petits-enfants. Karen travaillait à Casper comme couturière, jusqu'à ce que quelqu'un remarque la qualité de son travail et la soulève au rang de styliste. Etc., etc. Quand le bus s'arrête au terminus, j'ai la tête qui bourdonne de ce monologue sans interruption, avec l'impression d'avoir lu l'entière biographie de la vieille dame. Chose vraiment très étrange, je n'hésiterais pas à en redemander. La vie de Karen était passionnante à entendre !

Elle me serre la main en descendant, un large sourire aux lèvres.

— Je fus enchantée de vous rencontrer, ma petite.

— Moi aussi, madame.

Sa paume est toute chaude et parcheminée par le temps. Je lui fais un signe de la main et la quitte avec un pincement au cœur. Cette femme n'était peut-être pas la riche doyenne d'une famille aisée, mais j'ai passé un bon moment à l'écouter, à mon grand étonnement. Il faut croire que l'on ne fait pas que de mauvaises rencontres, dans le bus.

À peine mon pied posé sur le bitume, quelques gouttes viennent rencontrer mes joues. J'attrape mon parapluie dans mon sac à main et me lance sur les trottoirs humides de Casper. La pluie s'intensifie très vite. Beaucoup de personnes courent pour se mettre à l'abri. Je suis frappée par les gouttes de plus en plus virulentes. C'est comme si la météo avait attendu que je descende du bus pour se défouler. Et je ne vois pas de magasin de fringues à l'horizon. Mince !

Le vent se lève, lui aussi. Il souffle sous mon parapluie avec violence et le retourne, me laissant à la merci de la pluie. Je pousse un petit cri, effrayée par ce déchaînement des forces de la nature. Je dois m'abriter ! Une échoppe qui ne paye pas de mine attire mon regard, je m'y précipite et plonge pratiquement à l'intérieur, refermant la porte d'un coup de talon pour éviter à l'eau et au vent de s'engouffrer à ma suite.

Quand je me redresse en essuyant les mains sur mon jean, deux personnes m'observent avec un sourire aux lèvres. Une quinquagénaire aux cheveux blancs et une fille d'à peu près mon âge, dont les mèches encadrent son visage en lui donnant un petit air de lutin.

— Bienvenue chez Sophy's ! lance la plus âgée en tendant sa paume vers moi. Puis-je prendre votre manteau pour le faire sécher ?

J'opine et donne mon vêtement à la dame, qui s'empresse d'aller le poser au-dessus d'un radiateur soufflant. J'en profite pour regarder autour de moi. Le magasin, bas de plafond, est plein à craquer d'objets en tous genres. Du service de couverts d'un orange piquant aux chaussures à talons recouvertes de sequins. Il y a de tout, alignés sur des étagères de toutes les couleurs, des caisses en bois ou des tables dépareillées. J'ai la sensation d'avoir mis les pieds dans la caverne d'Ali Baba, au milieu d'un tas d'objets hétéroclites.

Je caresse du doigt un canard en porcelaine rose fluo, hésitante.

— Euuuh, excusez-moi, mais… pouvez-vous me dire ce qu'est ce magasin ?

— Un endroit pour les gens qui ne savent pas quoi chercher, me répond la fille-lutin en passant la main dans ses cheveux noirs. Ici, vous trouvez tout, absolument tout !

— Ah ?

— Par exemple, vous voulez un chapeau en feutre qui date des années 1960 ? Ici, vous le trouvez ! s'écrie-t-elle en tendant une pièce d'un gris perle recouverte d'un bandeau en satin blanc. Essayez-le, je suis sûre qu'il vous ira !

J'hésite une seconde, avant d'être tentée par l'invitation et le sourire contagieux de la vendeuse. Quand j'enfile le couvre-chef et me regarde dans le miroir, j'ai l'impression soudaine de m'être plongée dans un film en noir et blanc dans lequel je serais la Bonnie de Clide. La grande classe !

— Wooow… Sympa ! m'exclamé-je en tournant sur moi-même.

— N'est-ce pas ?

La vendeuse, Charlène selon son badge, joint ses mains devant elle, l'air plus qu'enthousiaste.

— Cette merveille est disponible pour seulement vingt dollars !

J'entrouvre la bouche, ahurie. Vingt dollars ? Seulement vingt dollars pour un chapeau qui me donne l'air d'une hors-la-loi ultra sexy ? C'est donné !

— J'achète ! m'écrié-je, folle de joie.

L'autre femme, la plus âgée, vient vers nous en me regardant avec douceur. Son badge indique qu'elle est la fameuse Sophy.

— Vous êtes ravissante, madame, dit-elle en tendant la main pour que je lui rende le chapeau. Souhaitez-vous que l'on vous montre d'autres pièces ?

C'est un « oui » plein de joie qui filtre entre mes lèvres. Je n'imaginais même pas qu'il était possible d'acheter des chapeaux à ce prix-là. C'est complètement fou !

— Oh, vous pouvez vous offrir bien des choses pour vingt dollars, madame, sourit Sophy. D'ailleurs, je pense avoir quelque chose qui pourrait totalement vous convenir, ajoute-t-elle en filant derrière une imposante bibliothèque recouverte de bibelots et de tissus en tous genres. Vous faites bien une taille S ?

— Oui, dis-je en me félicitant intérieurement de faire fréquemment de l'aérobic avec mon professeur particulier.

— Alors, cette pièce est pour vous ! s'exclame-t-elle en sortant de derrière le meuble, un habit à la main.

J'observe la pièce qu'elle me tend : un pantalon en cuir noir, doux et fin comme du coton. Magnifique. Une merveille que je m'empresse d'attraper, incrédule. Il est tellement différent de ces pièces que l'on voit habituellement au sein du cercle dans lequel j'évolue. C'est un vêtement comme je n'en ai jamais vu, peut-être parce qu'il n'est pas griffé du nom d'un célèbre styliste. Enfin, je ne crois pas…

Je demande en l'observant de tous les côtés :

— C'est de quel créateur ?

— Créateur ? Oh. C'est simplement un pantalon de chez Marshalls…

— Marshalls ? Je ne connais pas ce créateur.

Sophy rit. Sa vendeuse aussi.

— Il n'a été porté qu'une fois, indique la vendeuse. Et il est disponible pour seulement cinq dollars !

Je manque tomber à la renverse. Cinq dollars ? Cinq dollars comme dans un, deux, trois, quatre, CINQ ? C'est impossible ! Je dois rêver !

— C'est vrai ? balbutié-je en roulant les yeux. Cinq dollars pour ça ?

— Exactement, répond la femme en hochant la tête d'un air enthousiaste.

— Je… je le prends !

— Je vais vous montrer le reste de nos biens, je suis sûre que vous allez aimer ce que je vais vous proposer…

Pour finir, je ressors une heure plus tard du magasin avec trois grands sacs de vêtements que j'ai acquis pour seulement cent quatre-vingt-dix-sept dollars. Je me sens comme Pretty Woman après sa séance shopping, j'ai l'impression d'avoir fait tellement de bonnes affaires que j'en ai le cœur qui bat à toute vitesse. C'est ça, les magasins pour personnes « normales » ? C'est pouvoir s'offrir tout ce qu'on veut pour le prix d'une petite culotte ? C'est démentiel !

J'ai pu acquérir plein de choses qui me seront très utiles : deux robes, trois pantalons, deux pulls, deux paires de chaussures et trois chapeaux, ainsi que des sous-vêtements trop choux et un adorable manteau rose. Et je me suis même acheté un bibelot trop mignon : un chat en verre rose pâle. Je suis ravie de mes acquisitions !

Toute fière de moi et de mes mini-dépenses, je profite de ce que la pluie s'est tarie pour avancer jusqu'au prochain magasin. Sauf que… le prochain magasin n'existe pas. J'ai dû me tromper d'arrêt de bus, puisque je réalise rapidement que je suis au milieu d'une rue de restaurants et de cafés, mais aucunement d'endroits où je pourrais poursuivre ma folie dépensière. En même temps, il faut que je fasse attention. Je devrais peut-être manger quelque chose.

D'ailleurs, mon ventre gronde, révolté par le régime auquel je l'ai poussé depuis hier : la seule chose que j'ai avalée ce matin est une demi-brioche. J'étais bien trop dégoûtée par les hommes pour avoir faim. Et maintenant, je pourrais avaler un ours ! Enfin, littéralement, hein. Parce qu'il est hors de question que je mange un vrai ours. Et encore moins l'homme qui m'y fait penser. Il y a une multitude de restaurants ici, je n'ai plus qu'à choisir…

Je m'arrête devant un *diner* américain, typique de ceux que l'on voit à la télévision. Un établissement étroit, dont la décoration rappelle l'Amérique d'antan, avec des cadres noirs et gris accrochés aux murs et des banquettes en vinyle rouge pailleté d'argent. Je n'ai jamais mis les pieds dans un tel endroit, là aussi ce sera une première fois qui me rend tout émoustillée. Un peu frileuse, mais désireuse de poursuivre mon plongeon dans le monde de tout un chacun, je passe le pas de la porte et sourit timidement à l'homme occupé à laver une assiette derrière le comptoir d'un noir rutilant. Il me répond d'un signe de tête engageant. Je m'installe donc au bar, à côté de deux beaux garçons en train de boire du café. Le premier se tourne vers moi et m'offre un sourire avenant. J'étudie son visage ovale et ses yeux en amande, tandis que je lui réponds de la même façon. Le deuxième me fait un signe de la main. Celui-ci a les joues rondes et presque plus de cheveux. Sa peau a la délicate couleur du caramel. Tous deux m'inspirent immédiatement confiance.

J'attrape la carte et la parcours rapidement. Tout a l'air bon. Milk-shake, bagels, frites, brownies… j'ai envie de tout manger ! Je mordille ma lèvre inférieure, indécise. L'homme à côté de moi se penche alors et tapote un point sur la carte.

— Je vous conseille le milk-shake framboise accompagné de la tarte aux pommes maison. À en tomber par terre.

L'autre lui donne un coup de coude, l'air embarrassé.

— Mike, si tu laissais cette jeune femme décider elle-même de ce qu'elle veut manger…

— Je ne fais que conseiller, s'exclame le type en levant les mains dans un signe de paix. Mais vraiment, madame, cette tarte est… démente.

Je leur souris à tous les deux. Et encore davantage quand je vois le prix tout bas de la tarte. Le monde « normal » est vraiment abordable, j'adore !

— Je vais prendre la tarte et le milk-shake, dis-je en rendant la carte au barman.

Celui-ci me répond d'un « tout de suite ! » dynamique, m'abandonnant ainsi pour filer en arrière-cuisine. Je constate alors en rougissant que les deux hommes me regardent avec insistance.

— Votre visage me dit quelque chose, souffle Mike, celui qui m'a conseillée.

Oh, oh. Je n'avais pas envisagé l'hypothèse que Grace ne soit pas la seule à me reconnaître. Je ne suis quand même pas aussi populaire que Kim Kardashian ou Paris Hilton. Je ne suis que la fille de quelqu'un de très, très riche… même s'il m'arrive d'être dans les pages people de certains magazines. C'est forcé quand on partage les mêmes soirées que certaines stars internationales. Je n'ai pas envie que quelqu'un d'autre me reconnaisse, et je n'en ai pas le droit ! Marco m'a dit de me faire discrète ! Il ne faut pas que les journalistes viennent chercher le scoop en me poursuivant de leurs mille questions.

— J'ai un visage très commun, dis-je d'une voix blanche.

Le garçon chauve se penche à son tour pour m'observer. Je me laisse faire en me sentant perdre une teinte supplémentaire chaque seconde. Quand il lève le doigt en criant « j'ai trouvé ! », mes jambes se mettent à trembler. Heureusement que le tabouret est là pour me retenir, sinon je me serais effondrée.

— Eva Green ! Vous ressemblez à Eva Green !

Je me mets à sourire, apaisée. C'est vrai que je ressemble à Eva, on me le dit souvent ! Si, d'habitude, je m'agace de cette comparaison un peu trop fréquente, cette fois, je suis totalement soulagée de l'entendre ! Un rire confus m'emporte, vite contagieux. Les deux hommes se mettent à s'esclaffer, sûrement poussés par ma soudaine bonne humeur.

— C'est une remarque que l'on me fait fréquemment, dis-je enfin en essuyant une larme de rire au coin de mes yeux. Je m'appelle Paxie. Et vous ?

— Mike, se présente le garçon au regard en amande.

— Amir, indique l'autre.

On dépose déjà devant moi le milk-shake recouvert de crème chantilly et la tarte aux pommes. Je me mets à saliver sous l'odeur alléchante de ces plats et attaque directement mon dessert, affamée. Amir et Mike commandent aussi tous deux une nouvelle part.

— Vous n'êtes pas du coin, non ?

— En effet, dis-je après avoir englouti ma bouchée. Je suis de New York.

— Bienvenue dans la campagne, alors !

— Vous êtes tous deux d'ici, si je comprends bien ?

— Oui ! confirme Mike. Notre voyage de noces vient de se terminer, nous étions aux Caraïbes. Là, on essaye de remettre le pied dans la réalité. Rien de mieux que de venir déguster l'une des tartes de Spike pour ça…

— Félicitations ! dis-je en lorgnant leurs alliances.

Ils me remercient. Nous papotons en mangeant le délicieux gâteau. Ils ont tous les deux la trentaine, comme moi, et sont en train d'ouvrir un café-bibliothèque dans le centre de la ville. L'aventure de leur vie, comme ils disent si bien !

— Et vous, pas de mari… ou de femme ? demande Mike au bout d'un moment.

Je secoue la tête, tous mes coups d'un soir revenant danser devant mes yeux. Un mari, moi ? Non. C'est une idée trop bizarre.

— Pas encore… Et ce sera un homme, pour moi, je ne suis pas tentée par les femmes…

— Une belle fille comme vous, seule ?

— Disons que je les cumule, avoué-je avec une grimace gênée.

— Ouuuh, la coquine, s'amuse Amir.

Nous nous mettons à rire. Ils sont drôles, ces deux-là ! Tellement différents de ces gens fermés ou guindés que je côtoie habituellement. Le langage soutenu est celui qui m'enveloppe en temps normal. Aujourd'hui, j'ai l'impression de sortir d'une bulle et de découvrir la vraie vie.

— Et personne en vue ? insiste Amir.

Sa remarque me rappelle l'instant vécu avec Fred. Je fronce les sourcils, une cape de plomb venant soudainement faire s'affaisser mes épaules.

— Disons que l'homme avec qui j'ai passé la nuit était… marié. Et que je ne l'ai su qu'après lui avoir offert mon corps, bien sûr…

— L'enfoiré ! s'exclame Mike.

— Carrément ! Chéri, je ne te ferai jamais ça, je te le promets, ajoute son amoureux.

— J'espère bien !

Ils sont tellement mignons que le sourire me revient. Nous nous remettons à papoter de tout et de rien, et ce pendant presque deux heures. Nous nous entendons si bien qu'ils me proposent de les rejoindre ce soir dans la discothèque de la ville. Je n'ose pas refuser, même si je ne sais pas encore comment je ferai pour y aller. Il doit bien y avoir des taxis ou des voitures à louer dans le coin ! J'ai envie de m'amuser et je le ferai ce soir. En attendant, il me reste à rentrer, me changer et filer danser avec mes nouveaux amis !

9

Il me faut quarante-cinq minutes pour repartir jusqu'à la ferme. Je descends du bus après avoir fait la route auprès d'un adolescent qui écoutait du Shakira à fond dans son casque, et qui en a fait profiter toutes les personnes autour de lui. Ma deuxième fois en autocar était beaucoup moins impressionnante que la première… Peut-être que je vais finir par me faire aux transports en commun, qui sait ?

Quand j'arrive dans la ferme, le fils de Warren, Liam, est assis sur le canapé, sa capuche rabattue sur la tête. Il joue furieusement à la console, l'air maussade, le regard noir. Pas de trace de son père ni de Grace.

J'attrape une revue posée sur la table basse et m'installe sur le fauteuil en cuir le plus près de la cheminée. Le bois crépite délicieusement dans l'âtre, diffusant une agréable chaleur dans la pièce.

Je tourne la première page… et referme aussi vite le magazine. Je suis là. Je suis immortalisée sur la première page. Là. Sous les yeux de tous ceux qui ont parcouru cette chose. En gros titre, accrochant le regard grâce à son écriture rose fluo :

La famille Harwell sur le déclin, découvrez l'enquête qui bouscule le grand monde.

La photo a été volée quelques instants après que le couperet est tombé sur notre famille, montrant mes parents en train de rejoindre leur domicile, le visage creusé, la mine soucieuse. Une autre m'a saisie quand j'ai quitté la soirée de gala, le jour où j'ai appris que papa et maman avaient été arrêtés.

Je serre fébrilement la revue contre moi et jette un coup d'œil inquiet vers l'adolescent. Qui ne me remarque même pas, plongé dans son jeu vidéo. Alors, je fais ce que toute personne ferait dans mon cas : je rouvre le magazine et lis l'article me concernant.

Il raconte que mes parents sont soupçonnés d'avoir escroqué plusieurs investisseurs en volant les fonds qui devaient servir à conquérir de nouveaux marchés. Ils auraient aussi menti sur leurs déclarations d'impôts. Et, troisième point, ils auraient fait des placements dans des entreprises fictives et auraient créé de faux contrats de travail pour certains de leurs proches, reversant ainsi l'argent de leurs sociétés comme une rente. Les actionnaires ont bondi en découvrant les fraudes dont sont accusés mes parents. Notre famille s'est retrouvée affichée comme celle qui est « responsable du scandale financier de 2018 ».

Je ne savais pas tout ça. Mes parents sont injoignables, leurs avocats ne me donnent pas de nouvelles malgré les dizaines de messages envoyés. Peut-être que… qu'ils ne voulaient pas que je comprenne combien ils étaient corrompus. Je ne sais pas. Je ne sais plus qui croire. C'est les larmes aux yeux que je referme la revue et la glisse dans mon sac. À cet instant, Liam arrête sa partie et pivote vers moi, me prenant la main dans le sac… c'est le cas de le dire. Il soulève les sourcils, comme le fait son père. Mimique de famille, visiblement.

Je souffle, le feu aux joues :

— Je voulais le lire ce soir.

— Ouais, OK. Pas de problème.

Sa voix est boudeuse, comme son visage. Il attrape un bonbon dans la boîte posée à côté de lui et le gobe, puis revient placer ses doigts sur le joystick.

— De toute façon, je m'en tape que tu sois Paxie machin chose, bougonne-t-il.

J'arrondis le regard, horrifiée. Il sait. Il sait ! IL SAIT ! Et s'il l'avait dit à son père ? Warren ne voudra peut-être pas héberger la fille de deux personnes qui sont actuellement en maison d'arrêt ? Si je lui ramenais des ennuis, que des paparazzis venaient ? J'étais transparente, avant, mais les journalistes aiment les histoires comme celle de ma famille, ils se feraient une joie de faire un papier sur moi, je le sais ! Et si le gamin…

— Du calme, m'interrompt-il en me jetant une œillade bougonne. Tu peux respirer, meuf, je te l'ai dit, je m'en tape de tes affaires.

Si le « meuf » me reste en travers de la gorge, le soulagement m'assaille. Visiblement, l'adolescent ne va pas aller tout raconter à son père.

— Tu as lu le magazine ? demandé-je en vérifiant que personne n'arrive dans le salon.

— Non. Je t'ai reconnue.

— Ah bon ?

— Bah ouais, il suffit de surfer sur Internet pour tomber sur des photos de toi et tes vieux.

Son jeu se lance. Mais, moi, je ne veux pas perdre son attention. Alors, je bondis jusqu'au mur et enlève la prise de la console. Il beugle un « Hey ! » colérique et saute sur ses pieds.

— À quoi tu joues, là ? Bordel ! On m'attend en réseau !

— Je ne veux pas que tu en parles, d'accord ? dis-je en le fixant, regard plissé.

— Si tu ne remets pas cette console, je…

— Liam !

Nous sursautons tous les deux, surpris par la voix tonitruante de Warren qui arrive dans notre dos. Il observe la PlayStation, son fils, moi, à nouveau la console puis son fils en pleine crise.

— Tu parles autrement à nos clients, Liam !

— Mais…

— Ce n'est rien, dis-je en levant haut les deux mains. Liam m'expliquait comment jouer à ce jeu et j'ai perdu mon calme en essayant… alors, j'ai voulu débrancher la console, c'est tout.

Warren pince les lèvres et vient chercher confirmation chez son ado, qui hoche vivement la tête.

— Ouais, c'est ça, p'pa. Comme elle a dit.

— Sûre, Paxie ?

— Sûre, dis-je après avoir lourdement avalé ma salive. Votre fils est un très gentil garçon.

Warren paraît hésitant. J'en ai peut-être trop fait, surtout en considérant que le gamin n'a pas souri une seule fois depuis que je suis ici. Mais il hoche finalement la tête, l'air convaincu. Je rebranche alors la console et me hâte de récupérer mon sac, pour me diriger vers ma chambre. Quelle n'est pas ma surprise quand je constate que Warren me suit !

— Oui ?

— Je voulais savoir si votre séjour se passe bien… énonce-t-il en frôlant sa barbe du bout des doigts.

Je souris. C'est vrai que l'endroit est loin de ces hôtels cinq étoiles où je descends en temps normal… mais je m'y sens vraiment à l'aise. À croire qu'on peut s'habituer à tout !

— Oui, mon séjour se passe très bien.

Il ne répond rien, occupé à me sonder de son regard plissé. La lueur dorée de l'ampoule se reflète dans ses prunelles, intensifiant leur couleur métallique. Il serait beau, s'il taillait un peu sa barbe, j'en suis sûre. Un homme avec des yeux pareils pourrait faire perdre la tête à n'importe qui…

— Bien, bien… dit-il enfin d'une voix rauque.

Bien, bien ? Bien. Après cet échange très instructif, il s'apprête à me tourner le dos. Je le rattrape alors en posant la main sur son épaule… délicieusement solide. Wooow, je ne m'imaginais pas qu'il y avait autant de force sous cette chemise en flanelle. Même si le torse de monsieur est sacrément musclé. Le reste de son corps l'est tout autant, apparemment.

— Dites, demandé-je en réalisant à mon tour que ma voix a grimpé d'une octave… Je dois aller en ville ce soir et je n'ai pas de voiture. Pourriez-vous me prêter la vôtre ? Je vous payerai, bien entendu.

Inutile de lui préciser que je n'ai pas conduit depuis dix ans puisque des chauffeurs le font à ma place. Ce n'est qu'un détail.

Il avance d'un pas, se plaçant juste sous la lumière. Je remarque pour la première fois une petite cicatrice au niveau de son sourcil droit. L'incompréhensive envie de la frôler du bout des doigts me happe. Je me réfrène en serrant les poings.

— Vous avez prévu de manger quelque part ?

— En fait, je vais danser !

— Danser ? Seule ?

Je m'amuse de son air étonné. Quoi ? J'ai la tête d'une fille qui reste coincée devant sa télé constamment ? Ou alors est-ce le fait que je sois possiblement accompagnée qui le turlupine ?

— Pas seule, non. J'ai rencontré deux charmants jeunes hommes qui viennent avec moi.

— Ah bon ? cille-t-il. Est-ce prudent ? Vous ne savez pas si…

— Deux jeunes hommes qui viennent de se marier et qui sont adorables. Ils ne vont donc pas me draguer. Je n'ai rien à craindre, personne ne va tenter de me mettre la main aux fesses ce soir.

— Humm. Mais ils peuvent tout de même être dangereux, vous savez ?

— Mais non… Alors, vous voulez bien ? Vous êtes d'accord pour me prêter cette voiture ?

Il laisse un temps passer, durant lequel il me fixe avec intensité. Derrière lui, l'aiguille d'une horloge égrène les secondes qui s'écoulent. Je me mets à danser sur place, mal à l'aise. Pourquoi me regarde-t-il ainsi ? Et pourquoi ça me donne aussi chaud ? Bon sang, je ne peux quand même pas tomber sous le charme d'un type comme ça ! Il est tout mon contraire. Un homme de la campagne et de la terre, face à une femme de la ville habituée aux odeurs de gazole et d'essence.

— Je n'ai qu'une voiture. Je ne peux pas vous la prêter, ce serait trop dangereux au niveau des assurances.

Déçue, j'affiche mon air le plus ennuyé. Mais il lève le doigt pour m'indiquer qu'il a quelque chose à ajouter :

— En fait, je ne suis pas sorti depuis très longtemps. Et ma sœur habite juste à côté, elle pourrait garder les enfants. Alors… vous me laissez vous accompagner ?

J'arrondis le regard, complètement déstabilisée. Lui, l'ours aux yeux d'argent ? Il veut venir avec moi ?

— Je… Euh…

OK. Inspire, expire et trouve quelque chose d'autre à dire que des mots à une syllabe, Paxie !

— En fait, je… Vous êtes sûr ?

— Oui. Je ne suis pas sorti depuis des siècles… et j'ai vraiment besoin de me détendre. Ces chambres d'hôtes et la ferme me prennent tout mon temps, les distractions ne sont plus vraiment mon lot quotidien…

— Oh, et bien…

Pourquoi j'hésite ? Parce qu'il est celui qui me loue la chambre dans laquelle je dors ? Et alors ? Il a le droit de s'amuser, comme tout le monde. Alors, je m'entends prononcer, la voix aiguë :

— C'est d'accord !

Il relève les lèvres d'une façon si charmante que mon cœur s'emballe.

— Parfait. Alors, on se retrouve ce soir, Paxie…

10

Pour sortir, j'ai enfilé une jupe en cuir noire et un haut moulant rouge, ainsi que de longues boucles d'oreilles en plume et diamant qui descendent jusqu'à mes clavicules et se mêlent à mes cheveux noirs, ondulés pour l'occasion. Je retrouve mon habillement quotidien, celui de ma vie de « fille de ». Le maquillage, par contre, fut plutôt laborieux. Après avoir regardé des vidéos tutoriels pendant une bonne heure, j'ai tenté de me faire un *smoky eyes*. Le final ne ressemble pas à la vidéo, mais je suis arrivée à réaliser quelque chose d'à peu près convenable. Ma maquilleuse serait fière de moi !

Je sors de ma chambre, une pochette à la main, du même rouge que mon haut. Je me félicite d'avoir mis le tout dans ma valise, au moins un bon choix de ma part !

J'avance sur mes Louboutin jusqu'au salon, où m'attend… un homme incroyablement beau.

Une mâchoire redessinée, une barbe de trois jours délicieusement taillée, des yeux mis en valeur par une chemise blanche, une carrure qui se dévoile sous son habillement. L'ours s'est transformé en prince. J'ai du mal à réaliser que le type devant lequel je suis, bouche bée, est bien celui qui m'a accueillie dans ce gîte. Il est tellement… mais tellement… tellement, quoi.

Il doit lire ma stupeur, car il se met à rire doucement. Le rouge envahit mes joues, tandis que j'avance vers lui.

— Vous vous êtes rasé, dis-je, la voix tarie par la surprise.

— Effectivement. C'était l'occasion de le faire.

— Ça vous va très bien.

— Merci. Je vous rends le compliment, cet habillement vous sied à merveille.

Je bredouille un merci, puis nous allons jusqu'à son véhicule. Le tout-terrain noir est rutilant, lui aussi a pris une douche pour célébrer cette sortie. Quand je monte à l'intérieur, l'odeur des bois mêlée à celle de l'after-shave porté par Warren m'accueille. J'en prends une grande inspiration. Il démarre la voiture et se lance sur les routes désertes de la campagne. D'abord, le silence nous enveloppe, à peine dérangeant, presque naturel. Puis, au bout d'une dizaine de minutes, il prend la parole :

— Je ne suis pas sorti depuis très longtemps…

— C'était quand, il y a très longtemps ? dis-je en tournant mon visage vers lui.

Il lâche un rire gêné.

— Au moins deux ans. Avant, avec ma femme, nous aimions aller au restaurant ou au cinéma. Mais depuis qu'elle…

Il ne termine pas sa phrase, mais je la devine. Surtout à la façon dont son visage s'assombrit.

— Elle vous a quitté ?

— Oui. Partie à l'autre bout du monde avec mon meilleur ami.

— Je connais ça. C'est récurrent dans le milieu des…

Stop ! Je m'arrête net avant de lui dévoiler ma véritable

identité avec le mot qui me caractérise en temps normal : « millionnaires ». Je n'ai pas envie qu'il voie la personne que je suis. Je préfère être Paxie Higgins, celle qui sort en boîte avec un gars très cool, sans chichis.

— Des ?

— Du champagne, dis-je après avoir mordu ma langue. Je vends du… champagne.

— Intéressant ! Et c'est un secteur agréable ? Je hausse les épaules.

— Ça dépend des fois… dis-je en pensant à toutes ces personnes qui m'ont apporté leur amitié uniquement pour me voler de l'argent. Il y a beaucoup de gens prêts à vous planter un couteau dans le dos, dans ce secteur.

Je le réalise en le prononçant. Cette proximité, la nuit qui nous entoure, le ronronnement du moteur et la délicatesse de Warren… tout me pousse à me confier. Et à avouer ce que je n'osais pas me dire jusque-là. Je vis dans un monde de requins, où l'amitié et l'amour sont un domaine très friable, qui peut s'étioler d'une seconde à l'autre.

Nous continuons notre discussion durant la route, ponctuée de quelques silences tranquilles. Je découvre un Warren agréable, charmeur. Au rire contagieux. Quand nous sortons du véhicule, j'ai la sensation qu'il ne m'est plus étranger, qu'un lien s'est créé avec cet homme que je connais pourtant à peine. Mais, je n'ai pas le temps de creuser, mes nouveaux amis m'attendent sur le parking ! Je file vers eux, suivie de Warren.

— Les garçons ! Hey !

— Ah, Paxie ! Tu es venue ! Oh, et ce charmant monsieur t'accompagne ? Humm…

— Amir, tu te souviens qu'on est mariés ? bougonne Mike en faisant un petit signe de la main à Warren.

— Et alors ? Je félicite juste Paxie pour avoir amené un si beau garçon avec elle…

Je rougis. Warren rougit. Mike rougit. Amir rit… ce qui nous pousse, très vite, à faire de même. La bonne humeur est de mise, ce soir ! Nous rentrons dans la discothèque. Ici, pas de videur qui sélectionne les clients, juste un vigile qui vérifie les cartes d'identité et qui laisse passer tous les adultes. Nous entrons et sommes accueillis par *I feel love* de Donna Summer. Mike et Amir se mettent direct à se déhancher sur la voix chaude de la diva. J'hésite une seconde avant de me lancer, vite imitée par Warren. La musique ondule sur ma peau, fait vibrer mes sens. Je ferme les yeux et me mets à me trémousser sur les notes de plus en plus hautes de la chanson, vidant mon esprit de tout le reste.

Oust, l'enquête sur les finances de ma famille. Oust, le train et le voyage sans fin jusqu'ici. Oust, Fred et son alliance. Oust, Liam et sa colère permanente. Oust, les ennuis. Oust, tout. Je danse, danse et danse, les paupières frémissantes, le corps en feu. Gloria Gaynor prend le relais. *Yes, i will survive ! I will surviiiiiive !* La liberté emplit mes poumons, se mêle à cette joie de plus en plus intense. Danser sans que l'on me juge. Danser sans arrière-pensée.

Vivre.

Je rouvre les yeux, les paumes en l'air. Warren est toujours face à moi. Il ne danse pas. Il ne bouge pas. Il me regarde avec fièvre, avec passion, comme on le ferait d'une œuvre d'art.

Mes lèvres se haussent. Je tends les mains vers lui. La musique devient suave, comme si elle avait entendu notre souhait à tous les deux. Nous nous approchons l'un de l'autre, près, près, de plus en plus près.

Son torse contre le mien. Sa chaleur qui m'enveloppe. L'odeur épicée qui émane de sa peau. Le désir dans ses yeux. Le désir en moi.

Vivre.

Nos corps se soudent, son bras passe derrière ma taille pour m'attirer davantage contre lui. Je ne résiste pas. Je n'en ai pas envie. Car, pour la première fois dans ma vie, je me sens totalement libre. Nous nous mouvons, tout contre l'un de l'autre. C'est si sensuel qu'une vague de chaleur irradie tout mon être, me rend toute chose.

Les garçons sont un peu plus loin, ils nous observent tous les deux comme si nous étions sur la scène d'un théâtre. Amir lève le pouce en l'air en croisant mon regard, j'affiche un grand sourire. Je me sens si bien à cet instant…

La chanson se termine. Warren m'attire vers le bar, à l'abri des basses. Il nous commande deux mojitos, puis s'installe sur un des tabourets. Je me place à côté de lui, le corps toujours aussi brûlant. Il se penche vers moi à peine mes fesses posées sur mon siège.

— Tu m'en voudras si on se tutoie ?

— Terriblement, dis-je en sentant l'amusement faire pétiller mon regard.

— Il faut croire que je prends un risque énorme, alors, tu ne penses pas ?

— Tu es un homme si téméraire, Warren…

Il lisse le col de sa chemise, sans répondre. Ses prunelles grises glissent vers mes lèvres.

— C'était une danse très… sympa…

— Sympa ?

— Oui, sympa.

Il rit doucement. Je bois une gorgée de mojito, puis me baisse vers son oreille en posant ma main sur son épaule, afin qu'il entende mon murmure :

— Je reviens… tu ne pars pas sans moi, d'accord ?

— Oui, m'dame.

Je lui fais un clin d'œil et file. Cet instant où nous nous sommes affranchis de tout, l'un contre l'autre, restera gravé dans ma mémoire pour toujours, je le sais. C'était… incroyable. Je me suis sentie si bien. Si vivante…

En chemin vers les sanitaires (il faut vraiment que je me rafraîchisse), je cogne mon épaule contre celle d'un type dont la chemise blanche brille sous les stroboscopes. Je m'apprête à m'excuser quand je croise son regard. Mon cœur s'affole, je me tétanise, stupéfaite. Il se fige également, tout aussi surpris que moi.

— Paxie ?

— Logan ? m'écrié-je d'une voix aiguë.

Pour vous resituer, Logan Marks est la sixième fortune des États-Unis, entrepreneur en tête d'une multinationale qui possède trois pour cent des sociétés du pays. Il était avec moi au gala de charité de Petra le jour de ma déchéance. Il est champion de golf, danseur émérite, fan de Katy Perry.

Et, optionnellement, il est aussi mon plan sexe.

11

— Qu'est-ce que tu fais ici ?

Je n'arrive pas à croire que Logan soit en face de moi, dans cette boîte de nuit perdue du Wyoming. Lui qui côtoie habituellement les plus riches de l'Upper East Side ou d'Hollywood, le voici dans cet endroit improbable qu'est la ville de Casper. Exactement là où je me cache pour échapper au scandale et au déshonneur.

— Tu m'as suivie ? ajouté-je, l'humiliation et la colère faisant piquer chaque parcelle de ma peau.

— Non !

Il m'attrape par les épaules. Je me dégage d'un mouvement agacé.

— Alors qu'est-ce que tu fais dans le Wyoming, dans cette discothèque ? dis-je.

Il regarde autour de nous, encore marqué par la surprise de notre rencontre. Puis, il me tire par le bras pour m'attirer à l'écart, dans un coin sur le côté du bar protégé par de lourdes tentures. Une fois les étoffes retombées derrière lui, le son s'estompe comme si nous étions entrés dans une bulle.

— C'est à toi que je dois demander ça, dit-il d'une voix pressante. Tout le monde te cherche, à New York ! Certains disent que tu es partie en Europe pour échapper au scandale, ou encore que tu es cachée dans Harlem, l'endroit où on ne te chercherait jamais ! D'autres parlent même d'un bunker quelque part dans l'Iowa... Et moi, je me demande où tu as pu te terrer, en me faisant du mauvais sang à l'idée que tu puisses être en train de souffrir seule !

Mon palpitant manque un battement. Logan s'inquiétait pour moi ? C'est... si inattendu. Moi qui le vois uniquement comme l'ami qui partage ma couette, je révise soudain cette position. C'est vrai que nous sommes complices et que nous nous entendons particulièrement bien. Mais est-ce que... est-ce que Logan pourrait me voir comme autre chose que sa *sex friend* ?

Mais tout ça ne m'explique pas pourquoi il est ici.

— Je me cache, dis-je pour éloigner ses questions. Je refuse que les paparazzis s'en prennent à moi pour illustrer cette enquête, surtout qu'elle n'a ni queue ni tête. Mes parents n'ont jamais fraudé ! À toi, maintenant ! Pourquoi es-tu ici ?

Il affiche un bref sourire en coin.

— Paxie... Cet endroit m'appartient. J'en faisais simplement le tour pour vérifier que tout allait bien.

J'entrouvre la bouche, incrédule.

— Alors, tout ça voudrait dire que c'est une coïncidence ? bredouillé-je.

— Ou que le destin souhaite que nous nous retrouvions, corrige-t-il en effleurant ma joue de son index. Si tu savais comme je me suis inquiété pour toi, Pax...

Je ne réponds rien, interdite. Que commenter ? Le type avec qui je couche approximativement une fois par semaine tombe sur moi dans un endroit improbable et me confie des sentiments que je n'imaginais même pas entre nous. Et le pire ? J'en suis chamboulée. Beaucoup trop, si vous voulez mon avis.

Je recule d'un pas. Il ne me rattrape pas, mais une lueur d'inquiétude passe dans ses beaux yeux bleus.

— Paxie, je ne veux pas que tu restes seule. Dis-moi où tu loges, d'accord ? Et demande-moi tout ce que tu veux. il est hors de question que tu stagnes dans la pauvreté due à cette enquête. Je sais que tes comptes sont gelés, mais pas les miens. Je peux t'aider. Promets-moi que tu ne traverseras pas ça seule, s'il te plaît.

J'hésite, troublée par la compassion et la tendresse qui débordent de lui. J'ai presque envie qu'il me serre dans ses bras pour me réconforter, pour me souffler que le cauchemar est bientôt fini. Mais… mais ce serait faux. Je ne suis pas dans un mauvais songe. Au contraire.

— Je dois y aller, bredouillé-je.

— Où ?

— J'ai… j'ai trouvé un endroit où me cacher.

— N'y reste pas seule. Appelle-moi, insiste-t-il.

— Mais…

— Paxie. Je suis et serai toujours là pour toi, alors n'hésite pas. Appelle-moi. Je t'aiderai, toujours !

Je hoche difficilement la tête et fais demi-tour en m'empêtrant dans les rideaux, pressée de partir. Puis, sans penser au reste, je file dehors en courant, quittant la discothèque comme si elle était en feu. Il faut que je fuie, vite !

— Tu es en plein cœur d'un triangle amoureux, chérie !

Je serre le coussin rose contre moi et pose mon menton dessus. Face à moi, sur l'autre canapé, en suédine bleu pâle, les garçons boivent leur infusion à petites gorgées, le regard malicieux.

Je suis tombée sur Amir en sortant du Friday's – en fuyant, devrais-je dire. Il a dû lire combien j'étais perdue, puisqu'il m'a aussitôt proposé de dormir chez eux. Je n'ai pas refusé. De toute façon, mon instinct m'a poussée à leur faire confiance depuis le début, je sais qu'ils ne sont pas des tueurs en série…

Je viens donc de tout leur raconter, en buvant à petites gorgées la tisane à la violette que Mike m'a préparée. Ils m'ont prêté un confortable jogging et un grand t-shirt dans lequel je me suis plongée avec un soupir de bien-être, éloignant ainsi de moi l'odeur de la discothèque et les souvenirs qu'elle m'arrachait.

— Je ne suis pas dans un triangle amoureux, protesté-je. Je ne me suis éprise d'aucun des deux !

— Tu es sûre de toi ? sourit Amir, en soufflant sur le contenu de sa tasse.

— Oui !

— Ma belle, je crois que tu te mens à toi-même, commente Mike en s'enfonçant dans les coussins moelleux du canapé. Warren t'a tapé dans l'œil, et l'inquiétude de Logan t'a prouvé que, lui et toi, c'était bien plus que quelques parties de jambes en l'air !

Je mordille ma lèvre inférieure, nerveuse. Et s'il avait raison ?

— Non ! protesté-je en fermant les yeux. Les triangles amoureux, ce n'est que pour les romans ou les films ! Pas pour moi.

— *Twilight*, *Vampire Diaries*, *Bridget Jones*, *Love Actually* ou même *Star Wars*, les exemples sont courants dans le cinéma, mais aussi dans la vie actuelle, chérie ! Regarde Selena Gomez ou Joe Jonas ! Ils ne savent plus où donner de la tête ! Comme toi !

— Je sais où donner de la tête, protesté-je mollement.

— D'accord, opine enfin Mike. Alors, tu préfères qui ? Lequel choisirais-tu ? Le beau gosse de la ferme ou le sexy entrepreneur ?

— En somme, tu préfères jouer à *La petite maison dans le Wyoming* ou à *Fifty Shades of Marks* ? s'amuse Amir.

Il faut que je leur donne une réponse, maintenant, pour leur prouver que je ne suis pas l'une de ces filles en plein questionnement amoureux. Je ne veux pas en être !

— Je... je préfère... rester célibataire ! m'exclamé-je. J'ai autre chose à penser, mes parents risquent la prison, mon nom est traîné dans la boue, les journalistes s'acharnent sur moi...

Oh, pour votre information, j'ai tout dit aux garçons. Ils sont ravis d'accueillir une Harwell. Mike a lu tous les articles me concernant pour bien comprendre la situation, Amir m'a raconté ses folles aventures, histoire de me changer les idées. En bref, ils se sont comportés comme de vrais amis.

Amir rit doucement, Mike tape dans ses mains.

— OK, princesse ! Alors, j'espère que tu tiendras cette décision, sinon, tu risques de ne plus savoir où donner de la tête !

Le lendemain, Amir me dépose devant la ferme. Je ne sais pas ce que je vais dire à Warren : je l'ai lâchement abandonné hier, paniquée que j'étais après avoir rencontré Logan. Il a dû m'attendre un bon moment avant de comprendre que j'étais partie sans lui dire au revoir... J'espère qu'il ne m'en voudra pas trop.

J'inspire un grand coup puis me décide à avancer vers la maison d'un pas décidé. Allez, Paxie ! Tu peux le faire, tu peux affronter Warren !

Quand je pousse la porte, je découvre le fermier installé à table avec sa fille. Ils sont en train de faire un puzzle de la tour Eiffel, tous les deux si concentrés qu'ils n'entendent pas la porte s'ouvrir. Je dois effectuer un raclement de gorge pour les interpeller. Grace m'offre un large sourire, Warren reste de marbre.

— Paxie ! s'écrie Grace. Tu viens nous aider ? Papa m'a dit que si j'arrivais à terminer ce puzzle avant la fin de l'année, il m'offrait un voyage en France. Bon, il fait cinq mille pièces, mais je ne me décourage pas, tu vois, parce que je veux vraiment aller en Europe et que toutes mes copines seront carrément jalouses !

Warren ne prononce pas un mot à la suite de la déferlante de joie de sa fille. Il se contente de me fixer avec insistance, sans que son regard trahisse le moindre sentiment. Un frisson court le long de mon échine face à son masque de rigidité.

— Euuuh…

— Je pense que Paxie a mieux à faire, lâche Warren en attrapant une pièce qu'il plaque sur la table comme s'il voulait la passer à travers.

J'ai la confirmation de mes doutes : il m'en veut de l'avoir lâchement abandonné hier, surtout après notre danse si sensuelle. Mais je ne pouvais pas rester dans cet endroit où Logan se trouvait également. Impossible de mélanger les deux mondes qu'ils représentent, ils sont trop différents.

Je baisse la tête et passe devant eux en soufflant un « je file » à l'attention de Grace. Puis, je pars me cacher dans ma chambre. Trois secondes à peine après m'être allongée sur le lit, on tape à ma porte. Mon cœur bondit dans ma poitrine, je me relève d'un bond pour aller ouvrir. Ma déception est grande quand je découvre Liam, le fils de Warren.

— Oui ?

Il entre, me bousculant au passage. Je pivote vers lui, indécise.

— Liam ? Tu m'expliques ce que tu veux ?

— Je veux que tu quittes cet endroit.

Bouille décidée, poings serrés, il n'a pas l'air de rigoler. Je n'en mène pas large, bouche bée devant lui, muette de stupeur.

— Mais… dis-je finalement, pourquoi ?

— À ton avis ! siffle-t-il. Il y a déjà une personne malheureuse dans cette maison, pas besoin que mon père s'y rajoute.

Touchée en plein cœur par ses propos, je me laisse tomber sur le lit et repousse mes boucles brunes dans mon dos d'un geste nerveux.

— Qui ? C'est toi, c'est ça ? C'est toi, la personne malheureuse ? Il cille, ne répond pas. Ce que je prends pour un oui.

— Pourquoi ? À ton âge, on ne devrait pas être triste ou s'en faire. Tu as toute la vie devant toi, et plein de bonheur qui t'attend, alors pourquoi tu es si triste ?

— Ce n'est pas moi qui suis important, grommelle-t-il. C'est mon père.

Je secoue la tête. Dans mon milieu, le malheur est tabou. On le cache derrière des sourires de façade, des médicaments ou des verres de champagne. Être confrontée à la douleur véritable, à cette détresse qui émane de

Liam, c'est tellement déstabilisant… tellement difficile. Je n'arrive pas à le supporter.

— Tu es important ! À ton âge, on ne doit pas se cacher derrière une façade de colère, comme tu le fais ! On doit rire avec ses copains et s'éclater comme un fou !

C'est ce que j'aurais aimé faire à son âge. Mais la richesse m'a privée de vrais amis, les pestes avec qui je traînais à l'école ne pensaient qu'aux fringues hors de prix qu'elles allaient acheter et à la place sociale de leurs petits amis potentiels.

Liam se renfrogne et rentre sa tête entre ses épaules. Visiblement, j'ai touché la corde sensible.

— Tu sais qu'il est beaucoup plus facile de parler à quelqu'un qu'on ne connaît pas ? Lâcher ce qu'on a sur le cœur, ça peut faire du bien, dis-je de mon ton le plus doucereux.

Il tressaille et baisse la tête vers ses chaussures.

— Parler, ça sert à rien… marmonne-t-il.

— C'est ce que les gens de mon milieu pensent. Mais c'est faux ! Parler, c'est capital ! m'exclamé-je. Alors, fais-le. Je peux être une oreille attentive !

— T'as fait du mal à mon père…

— Ce qui va m'obliger à quitter cet endroit rapidement, dis-je en sentant mes épaules s'affaisser. Donc, tu peux tout me dire sans crainte, bientôt, tu ne me verras plus…

Il lève les sourcils, indécis. Je tapote la place à côté de moi.

— Allez, Liam, je ne vais pas te manger. Viens me raconter ce qui t'ennuie.

Il hésite encore quelques instants. Puis, alors que je l'imaginais déjà quitter cette pièce en courant, il s'installe à côté de moi et joint ses mains sur ses genoux, la tête basse. Je me penche vers lui, décidée à lui ôter la tristesse qui imbibe ses prunelles.

— Dis-moi tout.

— Ils s'appellent Pierrick, Nils et John. Et ils n'arrêtent pas de… de me chercher.

Il soupire profondément, j'écoute, consciente que ses propos ne viennent que de débuter.

— À toutes les récrés, continue-t-il d'une voix sourde, ils viennent me voler mon argent. Je ne mange que des pommes, le midi, puisque je ne peux plus m'acheter de repas. Et puis, ils font courir des trucs sur moi… ils ont même fait une page Facebook qui raconte que je suis homo et que je cherche quelqu'un, alors que c'est faux ! Ils… je suis à bout. J'en ai marre. Je voudrais arrêter le collège et ne plus jamais y retourner. Mais, lundi, ça recommence. Lundi, ils vont à nouveau me harceler.

Touchée, je passe mon bras autour de ses frêles épaules. Les larmes aux yeux, il lève la tête vers moi, la bouche tremblante.

— Tu vois, Paxie, tu ne peux rien faire pour m'aider. Et, même si je t'ai parlé, j'ai toujours aussi mal.

Il renifle et s'essuie les yeux d'un geste plein de colère.

— Le cauchemar n'est pas près de s'arrêter…

Je secoue la tête et plante mon regard dans le sien. La douleur que j'y lis est si atroce qu'elle me donne mal au cœur.

— Tu sais quoi ? Je ne quitterai pas cette ferme tant que je n'aurai pas trouvé une solution pour t'aider. Tu es d'accord ?

Il me fixe longuement, l'air désabusé.

— Je n'y crois pas, finit-il par dire.

— Moi, si. Je vais t'aider, mon chou. Et je vais m'excuser

auprès de ton père, parce que je ne suis pas le genre de fille à plonger dans des triangles am… non, laisse tomber. Je vais t'aider, retiens juste ça ! Alors, tu veux bien que je reste, dis ?

Il déglutit laborieusement, puis hoche la tête, avant de quitter la pièce d'un pas lourd. Je le regarde faire, décidée à mettre mes paroles à exécution, le plus vite possible.

13

Avant d'aider le fils, il faut que je me réconcilie avec le père. Je file sous la douche pour retirer de ma tignasse l'odeur âcre de fumée et d'alcool. Puis, j'enfile mon nouveau jean et un pull à paillettes noir, avant de sauter dans mes bottines. Après avoir coiffé mes cheveux en queue de cheval, je quitte la chambre, bien décidée à corriger mon erreur de la veille.

Je me dirige vers le salon, qui est malheureusement vide. Plus de puzzle, père et fille ont abandonné les lieux pendant ma petite discussion avec Liam. Il ne reste plus que l'odeur de l'after-shave porté par Warren, un effluve avec lequel je pourrais me droguer tant il est agréable.

En sortant, je découvre que la pluie s'est mise à tomber. Mais peu importe, je dois mettre la main sur Warren pour m'excuser. Il doit bien être quelque part dans le coin…

Bien décidée à le retrouver, je me dirige d'abord vers la grange installée sur le côté de la maison et pousse la double porte en bois pour pénétrer dans l'enclos des cochons. Après être entrée dans l'espace et avoir jeté un coup d'œil à droite puis à gauche, je constate qu'il n'est pas ici. Je fais demi-tour pour ressortir…

… et découvre qu'un énorme porc s'est allongé en travers de la sortie, m'empêchant ainsi d'accéder à l'extérieur. Mon sang se glace. Il prend toute la place devant la porte. Je me mets à appeler Warren, sans succès. On ne doit pas m'entendre, d'ici. Il va donc falloir que je l'enjambe pour m'échapper de cet endroit. Non de… Mais quelle idée j'ai eu de venir ici !

Je fais un pas tremblant vers l'animal.

— Psssst, toi, petit cochon… bouge… tenté-je d'une voix aiguë.

Aucun résultat. Le cochon semble avoir trouvé la place pour faire sa sieste, et n'est visiblement pas décidé à s'éloigner.

— Allez !

Rien. Je le secoue du bout du pied, sans résultat. Alors, je force un peu plus. Il râle un peu, mais reste à sa place, obstiné. Ce qui me laisse deux solutions : le forcer à bouger en poussant de toutes mes forces sur son arrière-train, ou passer au-dessus de lui et escalader la double porte. Dans les deux cas, je ne suis absolument pas rassurée.

Je ferme les yeux pour prendre une grande goulée d'air. Geste que je regrette automatiquement : la paille, la boue et les déjections animales empestent. Je viens de remplir mes poumons d'une chose absolument putride, très mauvaise idée !

Le cochon m'observe, comme s'il me narguait. Le sacripant, il sait ce qu'il fait. « Non, Paxie, tu ne sortiras pas de là, hors de question que tu te réconcilies avec mon fermier, je préfère qu'il se morfonde… »

J'avance d'un pas décidé vers l'animal.

— Allez, machin, tu vas bouger de cet endroit, maintenant. Et plus vite que ça !

Il ne se déplace pas d'un iota, tandis que je me baisse à son niveau.

—Allez ! Va dormir ailleurs, tenté-je en battant l'air de ma main. Va ! Les cochons ne doivent pas bloquer les humains, ce n'est pas cool de ta part ! Pssst, allez !

Toujours aucun résultat. Je me décide alors à le pousser, mais il ne fait que pester en alarmant toute la basse-cour. Au bout de cinq minutes de labeur, j'ai réussi à salir tous mes vêtements, à me mettre de la paille puante sur la joue et à être aussi essoufflée que si je venais de courir un marathon. Sans résultat. Je suis dans de beaux draps ! Plus qu'une solution : je n'ai plus qu'à passer au-dessus de lui !

Je me laisse quelques secondes pour retrouver un semblant de calme. Je peux le faire. Je peux le faire ! Je passe donc ma jambe au-dessus du porc pour la jeter derrière. Mon pied atterrit dans un amas de choses gluantes que je ne préfère pas identifier. Je m'apprête à balancer le deuxième par-dessus l'animal quand il se lève d'un bond, comme si quelque chose venait de le piquer. Je n'ai pas le temps de réagir qu'il s'emballe et se met à courir, emportant avec lui ma chaussure coincée sous son ventre. Je bats des bras pour retrouver mon équilibre, mais le cochon m'emmène, ne me laissant ainsi aucune chance. La chute se fait comme au ralenti, j'ai même l'impression de revoir le film de ma vie, ces soirées people ou j'ai passé tant de temps, ces moments entre amis dont je n'ai plus eu de nouvelles depuis des siècles, depuis que je leur ai prêté de l'argent.

Au bout d'une seconde ou de mille, je ne sais pas trop, ma tête rebondit contre un morceau de bois, mes dents claquent sous l'effet du choc, mon corps se vide de son oxygène. Des étoiles dansent devant mes yeux, quelque part, le cochon grouine. Un liquide chaud coule sur ma nuque. Et, c'est le noir.

14

Aïe.

Je me réveille avec un râle sourd et porte ma main à ma tête qui me semble aussi enflée qu'un ballon de baudruche. Sous mes doigts, la sensation rugueuse d'une bande de gaze, et une énorme bosse douloureuse sur l'arrière de ma tête.

Je bats des paupières. Il fait nuit, mais une lampe posée sur le chevet diffuse une douce lueur dorée. Je reconnais ma chambre, la couette qui me recouvre et la tapisserie rose. Assis sur un fauteuil à côté de moi, Warren somnole, la bouche entrouverte et les mains croisées sur son ventre. Je me racle la gorge pour l'interpeller, il se réveille en sursaut, papillonnant à son tour des cils pour remettre un pied dans la réalité.

— Paxie ? demande-t-il d'une voix encore brouillée par le sommeil.

— Warren.

— Tu vas bien ?

J'opine et soulève soudain la couette qui me recouvre, un doute me harponnant. Ma peur se confirme : je suis en t-shirt (qui ne m'appartient pas) et en culotte. Bon sang !

— Tu m'as déshabillée ? m'exclamé-je en roulant les yeux.

Il secoue la tête avec un soupir.

— Tu préférais peut-être que je te laisse dans tes vêtements plein de terre, de crotte et de paille ?

— Non, mais…

— Je n'avais pas le choix, me coupe-t-il.

Le feu aux joues, je laisse retomber la couette. Warren a la délicatesse de prendre un air gêné quand je le fixe.

— Je n'avais pas le choix ! répète-t-il. Je ne pouvais pas te laisser ainsi. Après t'avoir trouvée, je t'ai ramenée dans la chambre, j'ai appelé le docteur et, en l'attendant, j'ai essuyé la… crasse qui te recouvrait.

— Et pourquoi pas les urgences ? demandé-je, surprise.

— L'hôpital le plus proche est à près de quarante minutes d'ici. Le médecin à cinq. Le choix a été vite fait. Il t'a soignée et m'a demandé de veiller sur ton sommeil.

— Hum… merci, alors.

— De rien, dit-il en froissant le nez.

C'est alors que je me souviens qu'il m'en veut. Oui, parce qu'avant de me retrouver en mode princesse endormie dans l'enclos des cochons, nous étions fâchés, lui et moi. Du moins, il l'était contre moi, puisque je lui ai faussé compagnie sans lui en avoir préalablement parlé. Il me reste donc à lui présenter des excuses…

— J'ai… eu un impératif, dis-je du bout des lèvres. Je suis désolée de t'avoir abandonné au Friday's.

— Oh, c'est pas grave, je t'ai juste attendue pendant une heure en imaginant toutes les théories possibles, de l'enlèvement extraterrestre à la blessure mortelle. Puis, quand j'en ai eu assez de patienter, ou que j'ai compris que tu n'allais pas revenir… je suis rentré. C'était quoi, ton impératif ?

Fuir deux hommes qui font battre mon cœur ? Non, mauvaise réponse.

— J'ai… euh… mes parents avaient besoin d'aide.

En l'occurrence, mes parents sont en train de se battre contre les juges et je n'ai toujours aucune nouvelle d'eux, mais n'entrons pas dans les détails.

— J'ai dû partir en urgence pour leur donner un coup de main.

— Un coup de main ? Ils sont dans le coin ?

— Nooon… par Skype.

— Hum…

S'il est sceptique, il ne le montre que moyennement. Il a la politesse de faire comme si mes propos n'étaient pas totalement incohérents. Cet homme est foncièrement bon. Et moi… et moi, je l'intègre dans un triangle amoureux ?

Non, hors de question. Je ne suis pas ce genre de fille. La preuve :

— Je ne veux pas qu'il y ait de quiproquo entre nous deux : je ne suis pas intéressée par toi.

Il soulève les sourcils en accent circonflexe, comme il le fait si bien. Et tandis qu'il me fixe avec une insistance perturbante, je réalise ce que je viens de dire. Maman m'avait pourtant dit qu'il fallait que je tourne sept fois ma langue dans ma bouche avant de parler !

— Enfin, je sais qu'on s'est rapprochés dans cette discothèque, mais…

— Pas de problème, m'interrompt-il. De toute façon, j'ai quelqu'un dans ma vie.

Quoi ? QUOI ? Il a quelqu'un dans sa vie ? L'enfoiré ! Il allait me faire le coup de la drague, du plan cul d'un soir et du « je suis marié ! », comme Fred. Tous les mêmes, quels que soient les milieux sociaux.

— Tu as quelqu'un ? Super. Je suis très heureuse pour toi, alors.

— Et moi je suis heureux qu'il n'y ait pas d'amalgame entre nous, on ne s'intéresse pas l'un à l'autre, super.

— Super, grogné-je.

Il se lève et se dirige vers la porte.

— Je reviens dans une heure. Repose-toi.

Ouais, c'est ça, ouais. File dans ton jean moulant qui dévoile parfaitement tes fesses. De toute façon, tu ne m'intéresses absolument pas. Pas du tout. Pas de triangle amoureux ou de mec en couple pour moi, point final.

Le médecin est revenu me voir le lendemain matin. Je n'ai rien de grave à l'exception d'une belle bosse. Je peux donc retrouver la position verticale et quitter mon lit, ainsi que ce t-shirt trop grand qui ne m'appartient pas et qui sent l'odeur beaucoup trop attirante de Warren.

Je file sous la douche puis enfile mes nouveaux vêtements : un pantalon noir et un haut rose avec écrit « Sexy girl ». J'adore ! Je me maquille légèrement puis file dans le salon, où sont installés Warren et ses enfants. Liam joue sur une console portable, Grace est plongée dans un roman. Leur père est assis devant son ordinateur, l'air soucieux.

— Bonsoir, prononcé-je en prenant place sur le fauteuil de cuir couleur moutarde, celui avec lequel je commence à avoir mes habitudes.

Warren me fait un signe de tête, Grace m'offre un « coucou » dynamique, Liam ne semble même pas m'entendre.

— Vous désirez manger quelque chose ? demande le père de famille.

On est donc revenus au « vous ». S'il le souhaite… Retrouvons donc le formalisme d'avant Friday's. Ça ne va pas me manquer du tout, cette proximité entre lui et moi. Pas du tout. Du tout, du tout.

— Non, merci, dis-je en attrapant un magazine sur la table basse.

— Tu vas mieux ? me demande Grace.

— Oui, ma puce, beaucoup mieux.

— Cool ! Papa est en train de faire les comptes, ajoute Grace. On est dans la mouise, tu sais ?

— Grace !

Furieux, le père lance un regard acéré à sa fille, qui fait semblant de ne pas le remarquer. Elle continue d'un timbre neutre :

— Papa a dit que si ça continuait comme ça, on allait devoir revendre la ferme et partir s'installer dans un appartement en ville.

— Grace ! aboie Warren.

Confuse, je ne sais que dire. Alors, je fais mine de me passionner pour l'article sur les bigoudis entre mes mains, histoire de donner le change. Warren gronde sa fille en parlant de « vie privée » et de « clients ». La jeune Grace marmonne un « Désolée, papa » puis file dans sa chambre. Liam l'imite rapidement. Ne reste que le sexy (et amical) ours et moi.

— Désolé pour ça, grommelle-t-il en posant son ordinateur sur la table basse. Ma fille ne comprend pas le concept de « clients », pour elle chaque personne qui passe ici fait un peu partie de la famille.

Étrangement, cette révélation me réchauffe le cœur. Je réfrène difficilement un sourire.

— J'espère que tout va s'arranger pour vous, dis-je du bout des lèvres.

— Oui. Je ne me fais aucun souci là-dessus.

Il ment. La lueur peinée qui traverse ses prunelles argentées le prouve. Il a peur pour ce qu'il a construit. Pour cet endroit qui respire la famille, la tranquillité, le bien-être. Je n'y suis pourtant que depuis quelques jours, mais je m'y sens comme chez moi. Alors j'imagine difficilement ce que peut ressentir l'homme qui a bâti cela pour lui et sa famille.

Warren s'étire longuement, les bras en l'air. Pendant qu'il ne fait pas attention à moi, j'admire ses pectoraux délicieusement musclés et les lignes de son corps qui se dessinent sous son t-shirt. Mais, dès qu'il cesse de s'étirer comme un chat, je détourne le regard.

— Sur ce, mademoiselle Higgins, je vais aller me coucher… je vous souhaite une bonne nuit.

— Bonne nuit, monsieur Rozel.

Il s'éloigne, me laissant dans l'espace vide qu'est désormais le salon. Je me pelotonne contre le cuir du fauteuil après avoir déposé un plaid sur mes genoux, puis feuillette le magazine devant moi. Le feu crépite dans la cheminée, diffusant une chaleur douce et agréable. La pluie fouette les carreaux des fenêtres. Je tourne une page pour découvrir Démi, une amie chanteuse qui a encore rompu avec son petit copain. Dans deux jours, ils seront à nouveau ensemble… Sur la page suivante, une palette de vies de star photographiées sous tous les angles : chez le coiffeur, au magasin ou même en direction du cabinet de dentiste. Heureusement, il n'y a rien sur ma famille sur ces pages de papier glacé.

Je rejette le magazine et laisse mon attention courir sur la décoration plutôt masculine du salon : de grosses poutres, du cuir, du bois et des couleurs foncées. Mon regard s'arrête finalement sur l'ordinateur et s'y verrouille comme si je n'avais pas d'autre possibilité que d'avancer vers lui. Ce que je fais.

Un coup d'œil de chaque côté, personne dans les parages… un élan de culpabilité que je repousse tout de suite. La curiosité l'emporte. Je déverrouille l'écran en touchant la souris. Puis, je file dans l'historique de l'ordinateur, mettant ainsi le doigt sur un fichier Excel que je m'empresse d'ouvrir. Ce que j'y découvre me serre le cœur. Il faudrait plusieurs dizaines de milliers d'euros à Warren pour ne pas vendre sa maison. Il va perdre cet endroit d'ici peu. Je n'arrive pas à le croire. Cette ferme est si agréable…

Le cœur serré, je referme le PC après avoir pris soin de bien cacher les traces de mon passage. Je sais que je devrais me sentir coupable, mais je ne le suis pas. Il fallait que je sache. Que je comprenne pourquoi il avait l'air si triste face à la réalité transmise par son ordinateur. Une partie de moi a envie d'aider Warren, mais cette partie de moi oublie que mes comptes sont gelés pour un bon bout de temps, malheureusement. Et puis, le connaissant, il est le type d'homme à ne pas aimer la charité.

Pourtant, j'ai envie de lui venir en aide, comme il l'a fait pour moi en me procurant les premiers soins après ma chute. Même si nous ne sommes que des « amis », même si je ne le reverrai certainement plus d'ici peu.

Oh, et puis crotte, impossible de le laisser dans ses ennuis. Je trouverai une solution, comme pour Liam. Je dois l'aider, et je vais tout faire pour !

15

— Paxie ! Tu as vu Camelia ? Elle ose porter un bracelet en toc à la soirée de lancement d'un show télévisé ! Elle s'est ridiculisée devant tout le monde. J'ai tellement honte pour elle !

Harmony. Son mari a créé une chaîne d'hôtel de luxe, la propulsant au rang des célèbres millionnaires. Elle a pour amant l'une des plus grandes stars du cinéma actuel et adore ramener son savoir dans les réceptions les plus diverses. Son hobby préféré : se moquer des autres. Le mien : l'éviter le plus possible. Malheureusement, aujourd'hui, ce n'est pas faisable. Elle était sur le chemin des sanitaires, je devais aller vider ma vessie.

— Je suis sûre qu'elle n'a pas le choix, son mari veut la quitter et prendre tout l'argent pour lui, dis-je en reluquant la pauvre Cam. Il ne lui reste plus rien.

— Oui, peut-être… ou alors, elle n'a aucun goût, « la pauvre ».

Rire de hyènes. Je secoue la tête et m'éloigne de cette garce, le cœur serré. Je devine qu'un jour, ce sera de moi qu'on se moquera. Je serai cette fille qui achète des bracelets bon marché.

Clignement de paupières. Retour à la réalité. Ce jour est arrivé, même si le passé se trouve à des centaines de kilomètres d'ici, derrière les phares d'une enquête qui pourra durer des mois. Je dois oublier les garces qui doivent déblatérer sur mon dos, me concentrer sur le présent.

Je trempe mes lèvres dans mon café à deux dollars, soit le prix d'un demi-sucre là où je me rends habituellement avec mon groupe de « copines ». Mike et Amir attendent religieusement que j'aie avalé ma gorgée pour entendre la suite de mon histoire.

— Et alors, je me suis rendu compte qu'il m'avait déshabillée pour enlever mes vêtements pleins de crottin. Vous imaginez ?

— Oh oui, on imagine, souffle Amir en roulant les yeux. Ma pauvre chérie ! Enfin, je crois… On doit te plaindre ?

— Évidemment !

— Alors, pauvre chérie, énonce Amir en battant l'air de sa main.

— Merci pour ta compassion, Amir.

— Je t'en prie.

Je reprends mon récit pour en arriver au moment où je suis allée discrètement fouiller dans l'ordinateur de Warren. Les garçons me font les gros yeux, un même sourire amusé aux lèvres.

— Toi, tu es une sacrée maline, commente Mike après avoir croqué un morceau de bagel au saumon.

— Et maintenant, je me dis que je dois faire quelque chose. Liam est traumatisé à cause de ce que les autres lui font subir au collège, Warren est sur le point de vendre sa ferme, et Grace…

— Grace risque d'en pâtir, termine Mike.

— Cette gamine ne mérite pas d'être malheureuse. Je ne veux pas qu'elle paye cette situation.

— Comme tu ne veux pas que Warren soit triste, commente Amir d'un ton plein de sous-entendus. Parce que tu as le béguin pour lui…

— Nous ne sommes qu'amis ! protesté-je.

— Tu es sûre ?

— Oui !

— Et ce Logan, alors ? demande à son tour Mike.

— Ami. Ami !

— D'accord, d'accord… donc, tu ne le revois pas prochainement ?

Je rougis. Logan m'a invitée à dîner ce soir. Je n'ai pas encore décidé si je répondais favorablement ou non. Peut-on aller manger en tête à tête avec un ami sans créer d'ambiguïté ? Oui ? Non ? Je ne sais pas ! Habituellement, je ne me pose pas ce genre de questions, je profite sans penser au lendemain. Mais ici, je veux que ce soit différent. Je veux connaître autre chose.

— Noooon, dis-je avant de souffler sur mon café déjà tiède.

— OK, donc, à ton air, tu le vois sous peu. Il va falloir choisir, ma belle !

— Je n'ai rien à choisir, ce ne sont que des amis, protesté-je mollement.

— J'ai du mal à te croire, sourit Amir. Et toi, Mike ?

— Tout comme mon mari, commente ce dernier en jouant des sourcils.

Je les arrête d'un geste de la tête et d'une mine que j'espère sévère. Ils pouffent derrière leurs mains.

— Bref. Il faut que je trouve une solution pour Liam, le fils de Warren. Une idée ?

— Tu te fais passer pour sa mère ? propose Mike. Et tu envoies sur les roses ses.. Aïe !

— Je n'ai pas l'âge d'être sa mère ! m'écrié-je en le voyant se masser l'endroit où je l'ai tapé, en l'occurrence le dessus de sa cheville.

— D'accord, d'accord, je disais ça comme ça…

Nous proposons plusieurs façons d'aider l'adolescent, toutes plus folles les unes que les autres. Aucune n'est réalisable. Surtout en considérant le manque de finances. Sinon, j'aurais pu embaucher un garde du corps privé rien que pour lui et ça aurait été si facile…

— Alors, vous n'avez pas d'idées ? dis-je pour conclure, alors que nos boissons sont froides et que les encas ont été dévorés depuis longtemps.

— Aucune, répond Mike d'un air penaud.

— Mais tu trouveras, j'en suis sûr, commente son mari. Tu es ce genre de femme qui aide son prochain, quels que soient les moyens mis à sa disposition.

Touchée en plein cœur, je lui offre mon plus joli sourire. Je ne connais ces garçons que depuis peu de temps, mais ils sont déjà de grands amis dans mon cœur. De vraies personnes, sans facettes multiples.

16

Que dois-je porter pour un repas avec un ami-copain-pote ? Pourquoi n'y a-t-il pas un guide pour les filles anciennement riches et désormais plus riches du tout qui ne savent pas quoi porter à des rendez-vous amicaux ? Ce monde ne pense vraiment pas aux gens comme moi !

Sur le lit sont alignés quatre jupes et un pantalon, ainsi que divers hauts. Logan m'invite dans un restaurant chic, donc je dois oublier les jeans et les hauts « Sexy girl ». Il me faut plutôt piocher dans les vêtements d'avant, ceux qui me rappellent ô combien ma véritable vie est différente de celle que je mène ici. Paxie Harwell, la « fille de » n'aurait jamais fait une chute dans du crottin de cochon, et serait encore moins décidée à rester AMIE avec Logan, son ex *sex friend* !

La jupe en velours bleue. Celle-là sera parfaite. Elle dit « bonjour, cher monsieur, vous êtes charmant, mais je n'ai pas envie de coucher avec vous, juste de partager un bon moment ». Voilà, c'est la jupe idéale, qui va avec ce petit pull gris idéal. Celui qui ne donne pas envie d'être déshabillée dans l'heure par un homme beaucoup trop mignon.

J'enfile mes vêtements et me maquille comme sur le soixante-douzième tutoriel YouTube que j'ai regardé aujourd'hui. Simple et chic, même si mon eye-liner a un peu débordé (personne n'est parfait). Puis, je me coiffe à la hâte, façon chignon banane à la Paxie (soit des cheveux presque bien domptés, mais pas trop). J'en suis à glisser mes escarpins quand on frappe à ma porte.

Je clopine jusqu'au battant, un seul pied chaussé. En ouvrant, je découvre un imposant bouquet de jonquilles, et, derrière, un homme au sourire doux et au regard pétillant.

— C'est…

— Pour vous, termine Warren. Comme signe de paix…

— Oooh, c'est si gentil ! couiné-je en attrapant les fleurs, ravie. Mais c'est moi qui aurais dû vous en offrir…

— Non, je vous en ai voulu de m'avoir laissé dans cette boîte de nuit, mais vous aviez vos raisons, j'en suis certain.

Il semble soudain remarquer mon habillement, ses yeux dévalent mon corps, s'attarde sur ma jupe et ma (seule) chaussure.

— Vous sortez ?

— Oui. Avec un ami.

Sa *poker face* ne vaut vraiment pas la mienne. Je lis son sentiment de frustration sur ses traits qui se crispent, le gris de ses yeux qui s'assombrit.

— Bonne soirée, alors, commente-t-il en s'apprêtant à faire demi-tour.

— Attendez !

Je le rattrape par la manche, l'obligeant à rester près de moi.

— On pourrait peut-être… sortir, demain ?

— Vous n'avez pas quelque chose d'autre de prévu ? Avec *quelqu'un* d'autre ?

— Non, personne d'autre que vous n'est assez intéressant pour passer l'après-midi avec moi.

Il entrouvre la bouche et rougit. Je me mets à sourire béatement. Je n'imaginais pas qu'un homme tel que lui pouvait être intimidé. Et encore moins que je pouvais trouver ça si mignon.

— Entre amis, rajouté-je tout de même.

Il opine, je souris davantage en serrant le bouquet contre moi. Nous nous donnons rendez-vous le lendemain midi pour un repas entre personnes qui ne font pas partie d'un triangle amoureux. Des amis, donc.

Je me dirige vers le restaurant après avoir traversé la ville en bus. Je me suis arrêtée à l'arrêt d'avant afin que Logan ne voie pas ma déchéance. Moi qui me déplaçais uniquement en voiture avec chauffeur… Quand j'arrive, je découvre mon ami debout à l'entrée du restaurant, un énorme bouquet de roses rouges dans les mains. Je pique un fard et avance vers lui en mordillant ma lèvre inférieure.

— Salut, dit-il d'une voix si chaude qu'elle fait naître un ballet de papillons dans mon ventre.

— Hey.

Il me détaille avec lenteur, l'air aussi émerveillé qu'un enfant devant un magasin de jouets. Comme il le faisait quand j'inaugurais mes sous-vêtements Victoria's Secret avec lui. Ce qui me rappelle des scènes très intenses au creux de ses bras, au creux de ses draps. Je sens mes joues devenir encore plus écarlates.

— Tu es magnifique, dit-il tandis que j'attrape le bouquet.

— Merci… et merci.

L'hôtesse nous conduit à notre table, un espace éloigné des autres, entouré de plantes vertes et de rideaux en velours rouge. À peine assise, je me sens dans un autre endroit, presque à la maison. Nous sommes à l'écart, dans un petit cocon propice aux confidences et… à plein de choses romantiques.

Quelqu'un vient chercher les fleurs à ma demande pour les mettre dans un vase, puis on prend nos commandes. J'opte pour des ravioles aux truffes. Logan demande une langouste sur son lit de légumes. Quand nous sommes seuls, mon ami se penche par-dessus la table et pose sa main sur la mienne, ce qui m'arrache un tressaillement.

— Je m'inquiète pour toi, Pax.

— Il ne faut pas…

— Si. Bien sûr que si ! Je sais que tu veux être forte, mais j'ai lu ce qui est arrivé à tes parents, et aussi à tes comptes.

— Tout va bien, dis-je en baissant le nez, Marco m'a trouvé une chambre chez l'habitant, j'y suis…

— Chez l'habitant ! s'insurge Logan. Enfin, Paxie, tu ne peux pas demeurer chez quelqu'un que tu ne connais pas ! Tu sais quoi ? Tu vas venir t'installer chez moi, j'ai un appartement à Buffalo, tu pourras y rester.

Mon estomac se serre. Logan m'offre sur un plateau d'argent la possibilité de retrouver le luxe, le confort, la vie de Paxie Harwell. Pourtant, je ne ressens qu'un nœud au ventre à l'idée de quitter le domicile de Warren. Je sais pourquoi : je veux aider Liam avant. Oh, et puis, il ne sert à rien de le nier : je veux aussi aider Warren, même si je ne sais pas encore comment je vais pouvoir faire.

— On pourrait se regarder le dernier film de Cameron, on m'a installé un nouvel écran dans la salle cinéma.

— Écoute, Logan…

Sa main est toujours sur la mienne. Je l'observe longuement, hésitante. Que dois-je répondre à Logan ? Là est la question… je ne sais pas comment lui dire que je ne veux pas de son aide.

— Paxie, souffle-t-il face à mon trouble qu'il doit prendre pour de l'émotion, ma belle, je serai éternellement là pour toi, tu le sais.

Et soudain, il fait ce que je redoutais le plus : il se lève, contourne la table et s'abaisse à mon niveau de façon à pouvoir me fixer droit dans les yeux. Sa main court sur ma joue et part jouer dans mes cheveux tandis qu'il prononce lentement :

— Si tu savais ce que je ferais pour toi…

Alerte ! Alerte ! Le seuil de la *friendzone* est en train d'être dépassé ! Non ! Ami. AMI ! Je me lève d'un bond en m'écartant ainsi de lui.

— Je… je dois aller me rafraîchir, bredouillé-je avant de fuir.

Logan me regarde quitter la table, peiné. Je m'en veux, mais je ne peux pas faire autrement, je cours jusqu'aux sanitaires et m'enferme dans la cabine, m'installant sur le couvercle rabattu des toilettes. Une inspiration. Une expiration. Un choix à faire : Logan veut que nous ne soyons pas qu'amis, que nous partagions son appartement, que nous… que nous nous envoyions à nouveau en l'air. Mais moi, qu'est-ce que je veux ?

J'inspire, expire, inspire, expire, et ça pendant deux bonnes minutes, le temps de retrouver un semblant de calme. Une fois apaisée, je prends le temps de résumer ce que je veux :

- Que cette enquête sur les finances de ma famille cesse.
- Aider Liam à surmonter le harcèlement scolaire.
- Aider Warren à affronter la ruine.
- Manger un énorme paquet de bonbons (ça me déstresse).

- Rester amie avec Warren (sûre ?).
- Rester amie avec Logan (sûre ?).
- Retrouver mon argent et ma vie d'avant (sûre ?).

Soit. Je ne suis donc pas sûre de ce que je souhaite vraiment. Bien. Chouette. Alors, faisons la liste de ce que je ne veux pas :

- Que cette enquête sur ma famille se poursuive une éternité.
- Que Liam reste si triste.
- Que Warren perde sa ferme et que ses enfants soient tristes.
- Coucher avec quelqu'un ce soir.
- Douter de mes sentiments.

Donc, si je résume, je ne veux ni me rendre dans l'appartement de Logan, ni partager son lit ce soir. Parce que nous sommes amis, mais que je dois également aider mon autre AMI, Warren. Voilà, c'est aussi simple que ça.

Mais, je n'ai aucune idée de la façon dont je vais expliquer ça à Logan. Il risque de mal le prendre, ou alors, je risque de céder à son regard de chien battu. Et s'il me souffle un « s'il te plaît » enjôleur ou qu'il me parle de la possibilité de retrouver un dressing à chaussures décent, je risque de céder, je le sais. Beaucoup trop de RISQUES.

Une solution, vite.

Je quitte la cabine, songeuse. Ici, pas de papier pour se nettoyer les mains, mais des serviettes moelleuses et parfumées. C'est en en utilisant une fleurant la lavande que je vois ma porte de sortie. Je vous laisse deviner : c'est rouge, carré et ça lance un cri très, très strident.

Vous l'avez ? Oui, l'alarme incendie. Celle qui va me permettre d'échapper à la tentation.

Après avoir vérifié que je suis bien seule dans les sanitaires, je me jette sur le bouton, abattant mon poing dessus. Une seconde plus tard, un hurlement aigu éclate dans mes oreilles, une pluie virulente vient tomber sur moi, trempant instantanément mes habits. Des cris retentissent derrière la porte, puis des « veuillez évacuer ». J'imite les clients en sortant de la pièce, aussi naturelle que possible, même si de l'eau dégouline de mes cheveux et mes vêtements comme si je venais de me prendre un ouragan force dix.

Je retrouve Logan dehors, ruisselant comme tous les clients. Le personnel se confond en excuses, en phrases de réconfort face à ces gens qui ont vu leur repas tourner en douche inopinée. Logan grimace en repoussant ses mèches trempées vers l'arrière.

— Ce n'était pas ce que j'imaginais pour ce soir… soupire-t-il.

— Et tu imaginais quoi ?

— Toi, moi, et… un bon verre de vin.

— Tu sais, je n'ai pas envie de coucher avec toi.

— Loin de moi cette idée.

— Loin de moi cette idée également, dis-je en soulevant les sourcils. Bon, étant donné que je suis trempée, tu me ramènes ?

Il obtempère, la mine grave. Eh oui, il s'attendait probablement à quelque chose d'un peu plus charnel ce soir, comme souvent avec un *sex friend*, mais j'ai résisté ! Avec un peu d'aide, mais j'ai résisté, si, si !

Logan m'a déposée devant la ferme. J'en pousse le portail et découvre la maison plongée dans le noir, à l'exception d'une partie de la grande d'où émerge un rai de lumière par la porte entrouverte. Portée par mon instinct, je m'y rends et me faufile à l'intérieur, trouvant ainsi un Warren installé sur un ballot de paille, une bouteille de whisky à côté de lui. Quand il me voit entrer, il réagit à peine, se contentant d'un rapide coup de tête. Son visage est tourmenté, dévasté. Il a l'air si désespéré que mon ventre se serre.

— Warren ? Tout va bien ?

Il hausse les épaules et attrape l'alcool pour en boire une profonde gorgée, répondant ainsi à ma question. J'avance d'un pas vers lui, prêtant à peine attention à la paille qui crisse sous mes semelles.

— Warren… je sais que la ferme a des ennuis…

— Et pas qu'un peu, marmonne-t-il avant de porter à nouveau la bouteille à ses lèvres.

— Mais je suis également sûre que vous allez vous en sortir. Cet endroit est tellement…

Familial. Agréable. Humain.

— … merveilleux, terminé-je en m'exclamant.

— Ouais. Ce n'est pas ce que pensent toutes les personnes à qui je dois de l'argent. Je vais devoir vendre, mademoiselle Higgins, je n'ai pas le choix.

— Paxie.

— Pardon ?

— Appelez-moi à nouveau Paxie, s'il vous plaît.

Il plisse son beau regard de métal. Sa barbe a commencé à repousser, ombrant ses joues. Je comprends que le garçon de la campagne que je voyais en arrivant ici est en fait un homme si sexy et charismatique que j'en ai des bouffées de chaleur, même avec pas mal d'alcool dans le sang.

— Mes enfants vont se retrouver dans un appartement,

enfermé entre quatre murs pendant que leur père essayera de trouver un travail en ville, avec comme unique compétence de savoir traire une vache ou semer un champ.

— Non, je suis sûre que…

— Cette ferme est dans ma famille depuis dix générations, Paxie. Et moi, parce que je ne suis qu'un homme stupide qui ne sait pas gérer une ferme et une chambre d'hôte, je vais devoir la vendre. Mes parents doivent être si déçus de…

— Bon, maintenant ça suffit ! m'exclamé-je en avalant d'un pas la distance qui nous sépare.

Je lui arrache la bouteille des mains et l'envoie valser dans les airs. Elle rebondit contre un mur, laissant son produit s'écouler sur la paille.

— Eh ! proteste-t-il.

— Vous n'êtes pas stupide, vous ne faites pas honte à vos parents et vous n'allez pas perdre cette ferme !

Il cille face à la fermeté de mes mots.

— Rien de tout ça ne se passera parce que vous allez trouver une solution, et que tout va se remettre à flot ! J'en suis persuadée ! Vous ne pouvez pas perdre la partie, Warren, pas un homme tel que vous.

— Un homme tel que moi, souffle-t-il en esquissant l'ombre d'un sourire. Vraiment ?

Il passe son doigt sur ma joue, doucement, délicatement. Les papillons reviennent faire battre leurs ailes dans mon ventre, deux fois plus fortement qu'une heure plus tôt avec Logan. Je réalise que Warren et moi sommes proches, très proches. Je me suis avancée tout près de lui sans vraiment m'en rendre compte, emportée par ma fougue.

— Oui, un… un homme tel que vous, balbutié-je. Un combattant, un gagnant.

Ses doigts glissent sous mon menton, une bouffée de chaleur vient me happer. J'avance encore vers lui, poussée par la soif, l'envie.

— Paxie… murmure-t-il.

Ses yeux argentés dérivent vers le bas de mon visage. Un appel presque étouffant brille dans ses prunelles. Un besoin que je partage et qui m'embrase tout entière. Je me rapproche davantage, jusqu'à ce que ma poitrine frôle son torse. Son souffle rebondit sur mes lèvres.

— Oui, dis-je avant de plonger sur lui, haletante.

L'odeur de son after-shave. La douceur de ses lèvres qui contraste avec les picotements de sa barbe. Ses mains brûlantes qui encadrent mon visage. La saveur amère du whisky sur le bout de sa langue. Tout. Tout est parfait dans ce baiser. Je ne veux pas me détacher de lui, et à la façon dont son corps est scellé au mien, lui non plus.

Au bout d'un moment, nous nous séparons, à bout de souffle. La respiration chaotique, je titube d'un pas en arrière, les lèvres gonflées et chaudes de son baiser.

Qu'avais-je dit, déjà ? Amis ? Impossible. Il n'y a de toute façon aucun triangle amoureux. Car je ne peux plus le nier… l'homme qui abrite celle qu'il pense être mademoiselle Higgins m'attire… Plus, je crois même que… oui… que j'ai des sentiments pour lui.

17

Ce corps si sexy. Ces lignes brutes, ces muscles qui saillent sous sa peau bronzée, ces épaules carrées auxquelles j'ai tant envie de m'accrocher. Il m'attrape par la taille et me soulève comme si j'étais aussi légère qu'une plume. Je me laisse faire en riant. Je suis nue. Lui aussi. Aucune pudeur, aucune timidité. Juste un désir qui me consume entièrement.

Il m'allonge sur le lit, et me recouvre de son corps. Je souffle son nom. Warren. Et alors, ses muscles se tendent, tout son être devient dur et froid, comme si le feu s'était soudain transformé en glace. Ses yeux se rivent au mien. Ils sont bleus. Logan. C'est Logan ! Je pousse un cri effarouché…

Et je me réveille d'un bond, trempée, enchevêtrée dans mes draps. La respiration sifflante, je pose une main sur mon cœur pour revenir à moi, tranquillement. Je n'ai couché avec personne.

Ni Warren.

Ni Logan.

Parce que je ne suis pas dans un triangle amoureux. Et que je n'ai envie de coucher avec personne. Parce que je suis une fille sage, très sage. Et qu'après le baiser d'hier, j'ai littéralement fui. J'ai lâché un « euh », un « oh » à Warren et ai pris mes jambes à mon cou en le laissant seul dans sa grange. Enfin, seul… avec sa bouteille de whisky. De toute façon, il aura peut-être oublié cet instant, ce matin.

Je n'ai pas le droit d'être attirée par un homme tel que lui. Nos vies n'ont rien en commun. Nous ne sommes pas compatibles.

Je sors de mon lit et file me doucher, puis j'enfile les vêtements achetés en ville et quitte ma chambre après avoir attaché mes cheveux en un chignon rapide. Les enfants étant à l'école, seul Warren est présent dans le salon, occupé à repasser. Méthodiquement, il glisse le fer sur un habit rose qui doit appartenir à Grace. Il est si concentré qu'il ne m'a même pas vue arriver.

Je ne m'étais jamais rendu compte qu'un homme qui repasse du linge pouvait être aussi sexy.

— Salut, dis-je en faisant un ridicule signe de main qu'il ne voit pas.

Il ne relève pas la tête, plongé dans sa tâche. J'ai le droit à un sobre « bonjour » en guise de salutations.

— Bien dormi ? tenté-je en faisant un pas à droite puis à gauche, sans vraiment savoir où aller.

— Huhum.

OK, il est de mauvais poil. Et visiblement décidé à ne pas lever le nez vers moi. Super, bravo. Tu t'imaginais quoi, Paxie, qu'il allait te faire un monologue sur les sensations qu'il a ressenties lors de ce baiser ?

— Je… je vais aller manger, bredouillé-je.

— Tout est sur la table.

Je file sans plus m'attarder dans la salle à manger, où

m'attendent assez de victuailles pour nourrir un siège. Je m'installe et opte pour des croissants, à la française, ainsi qu'un thé au citron et quelques pancakes. De quoi oublier ma faim pour toute la matinée. Une fois rassasiée, je m'aventure dehors. Le soleil est caché derrière de lourds nuages gris, les températures ont encore décliné. Je frissonne et frotte mes bras en avançant dans la cour. Une poule chante près du portail, les vaches meuglent de l'autre côté. Une odeur de terre mouillée et de paille flotte dans l'air.

Je laisse mon regard courir sur cet espace clos, ce corps de ferme aux murs en pierres blanches. L'endroit respire le confort, la famille. Et, désormais, dès que je pose mon attention sur la grange… le désir pur. Le rappel de son torse pressé contre le mien, sa main qui effleure ma joue, cet instant passé à *vivre*, me coupe le souffle. C'était un moment hors du commun, comme je n'en avais jamais vécu. Mais déjà, il entre dans la catégorie des erreurs du passé. Et maintenant, à moi de faire comme si tout ça n'était qu'une histoire ancienne et oubliée, comme le fait si bien Warren.

J'ai froid, mais aucune envie de faire demi-tour pour retrouver le mâle qui me fait vibrer. Alors, j'avance en frissonnant jusqu'à la route et inspire un bon coup, emplissant mes poumons d'air pur. À cet instant, un groupe d'une dizaine de promeneurs armés de bâtons de marche et de chaussures de randonnée apparaît au virage de la route qui longe la ferme. Je les regarde cheminer, constatant que la majorité (si ce n'est tous) a une bonne soixantaine d'années. Et un maxi sourire aux lèvres.

— Bonjour, dis-je en les voyant se diriger vers moi.

Un concert de salutations joviales me répond, ce qui

me donne un bon coup de fouet et éloigne de moi toute mélancolie.

— Vous devez avoir froid ! m'interpelle une mamie en s'arrêtant à mon niveau. Vous avez un tout petit pull…

— Je prenais juste l'air.

— Ce n'est pas une raison pour attraper la mort ! me répond-elle en tendant son index dans ma direction, à la façon d'une grand-mère attentionnée. Mon petit, allez mettre quelque chose de chaud avant d'avoir un rhume.

Elle a raison. Mais je n'ai aucune envie de retourner dans la ferme pour faire face à Warren et à son ignorance. Alors, je reste là en haussant les épaules.

— Non, ça va aller.

Mensonge. Ce qui doit être plutôt évident puisque je tremble comme une feuille. La mamie lève les yeux au ciel puis passe son sac à dos sur l'avant pour trifouiller dedans. Elle en sort une sorte d'énorme pull en laine vert caca d'oie. Le vêtement le plus immonde que j'aie pu voir à ce jour. Elle le tend dans ma direction, sous les regards scrutateurs des autres.

— On va faire un marché… je vous prête ce pull, mais vous venez vous promener avec nous.

En voyant mon air qui doit être aussi confus et interloqué que possible, elle avance vers moi en ignorant ses camarades, afin de me glisser à l'oreille :

— Vous semblez avoir envie de discuter. Et ce groupe de marche ne parle que de choses complètement ennuyeuses du type nouveau dentier ou rendez-vous chez le rhumatologue, j'aurais bien besoin de vraies histoires intéressantes ! Alors ?

Je ne sais d'abord que dire, embarrassée. Puis, très vite, un petit rire filtre entre mes lèvres. J'attrape le truc en l'air et l'enfile. Il sent la naphtaline à plein nez et me fait ressembler à l'un des sept nains de *Blanche-Neige,* qui aurait emprunté le pull d'un géant. Mais, le froid s'est envolé comme par magie, me laissant dans un cocon de douceur. Alors, j'opine d'un signe de tête. Mamie tape dans ses mains.

— En avant, alors !

Je me mets en marche à côté d'elle et plonge les poings dans mes poches. Autour de nous, les gens se remettent à papoter sans davantage me prêter attention, comme s'il était tout à fait

normal que je me joigne ainsi à eux. Ce qui donne un second coup de punch dans mon pic de confiance.

— Comment vous appelez-vous ? me demande la petite dame. J'aime bien savoir à qui je prête mes pulls.

— Paxie. Et vous ?

— Josie.

Avec ses cheveux blancs permanentés et son visage rond tout fripé par le ballet des années, Josie me fait penser à ces grand-mères typiques que l'on voit parfois dans les publicités. Sauf qu'elle porte des chaussures d'un rose fluo très flashy et un manteau rouge qui doit être visible depuis le ciel. Tout un contraste à elle seule.

Alors que nous marchons depuis une dizaine de minutes en silence, les champs et les fermes défilant autour de nous, Josie me donne soudain un coup de coude et attrape mon bras, m'obligeant ainsi à ralentir au même rythme qu'elle. Nous laissons donc tous les autres nous dépasser de façon à rester en retrait à l'arrière du groupe. Une fois à l'abri des oreilles indiscrètes, Josie se lance :

— Bon, alors, dis-moi tout ! Pourquoi une belle jeune fille comme toi se trouvait sur le bord de la route à 10 heures du matin, avec cet air si triste ?

Je cille face à sa question, qui appuie exactement là où ça fait mal. Comme si Josie avait senti que quelque chose en moi avait besoin d'éclater, que je devais me confier après la désillusion de ce matin. Mais les mots n'arrivent pas à franchir mes lèvres, comme bloqués par une barrière invisible. Alors, Josie me donne un nouveau coup de coude et m'offre un clin d'œil complice.

— Allez, raconte-moi tout… je suis sûre que tu as besoin d'une oreille attentive…

J'avale ma salive et opine enfin. Oh, et puis zut, ça ne me fera pas de mal de parler de tout ça à quelqu'un !

— Il s'appelle Warren et je l'ai embrassé hier alors qu'il ne sait même pas qui je suis. Enfin, qui je suis *réellement*…

Je lui explique tout. Enfin, tout sauf qui je suis vraiment. J'évoque mon exil vers la campagne, ma rencontre avec cet ours si différent des mâles que je côtoie habituellement, Grace, Liam puis Logan, qui est revenu dans ma vie comme par magie. Je termine avec ce baiser échangé hier et la désillusion de ce matin, le retour à une ignorance qui m'a profondément blessée. L'air passionné par ce que je raconte, Josie n'arrête pas de pousser des « oh » et des « ah », obligeant ses camarades de marche à se retourner vers nous toutes les minutes.

Quand enfin je termine, Josie et moi avons dû marcher une bonne heure, nous éloignant de la maison de plusieurs kilomètres. Toujours à l'écart des autres, nous poursuivons par une question de ma nouvelle confidente :

— Donc, si je résume bien, tu voudrais retrouver la proximité vécue avec cet homme hier, mais aussi aider son fils et lui permettre de garder la ferme ?

— Oui. Je sais que c'est bizarre pour une personne qui ne les connaît que depuis peu, mais…

— Mais, tu as eu un coup de cœur phénoménal pour cette famille et tu te sens comme chez toi avec eux.

— C'est ça.

— Alors, tu as bien fait de tomber sur moi ce matin, puisque j'adore les challenges de ce type ! s'exclame Josie en sautillant sur place.

Son enthousiasme est communicatif. Un pic de motivation me traverse, m'obligeant à me trémousser comme elle le fait, pleine de joie.

— On va les aider ! m'écrié-je.

— Oui, on va le faire !

— Et je vais retrouver le Warren d'hier ! Enfin, pas celui qui buvait, mais celui passionné ! continué-je en levant le poing en l'air.

— Oui ! On peut le faire !

— Et ma famille va être éloignée de cette enquête à la noix !

— Oui ! Elle va l'être !

Le poing toujours en l'air, je vois quelques têtes se tourner vers nous, quelques-uns des promeneurs chuchoter en nous lorgnant avec interrogation, mais peu importe. Je suis remotivée, gonflée à bloc ! Je vais y arriver !

— Je vais y arriver ! répété-je férocement.

Josie s'accroche à moi, ravie.

— Et je serai là pour t'aider !

18

C'est regonflée à bloc que je reviens à la ferme. Après avoir parlé toute la journée, Josie et moi nous sommes promis de nous revoir demain en ville, avec les garçons. Je me suis fait une nouvelle amie, une de plus. J'ai vraiment l'impression de redécouvrir ce qu'est l'amitié, depuis que je suis ici. Mais je suis encore loin de l'amour, par contre… Surtout en considérant que Warren m'a totalement ignorée ce matin. Mais, au moins, cette étape m'a permis de comprendre que je ne ressentais plus rien pour Logan. Les triangles amoureux, c'est vraiment naze.

Il est 19 heures et la nuit est déjà tombée. Warren n'est pas là quand je reviens à la maison, seuls ses enfants sont présents, installés devant la télévision. Je me dépêche d'enlever le pull vert caca d'oie que Josie m'a prêté et me pelotonne dans mon fauteuil habituel, près du feu de cheminée. Grace mâchouille des bonbons pendant que Liam est sur son portable, à ce qui paraît être des années-lumière de nous.

— Les enfants, tout va bien? demandé-je.

Grace me répond d'un large sourire, Liam ne relève même pas la tête. Mon cœur se serre. J'aimerais tellement voir un peu de joie sur cette bouille.

— Où est votre père ?

— Papa est en train de se laver.

Warren nu sous l'eau. Bouffée de chaleur. Penser à autre chose, vite ! VITE ! La télévision. Le journal télévisé. Les paroles de la journaliste qui bourdonnent dans mes oreilles. Les images qui défilent. Warren. Douche. La journaliste qui reprend la parole. Le président français qui serre la main de Trump. Concentrée. Warr… Attendez, attendez une minute !

Là, sur l'écran, c'est ma mère. Maman !

— Monte le son ! m'écrié-je en agrippant les accoudoirs en cuir de toutes mes forces.

Liam en oublie son portable. Il attrape la télécommande et fait grimper les octaves, me permettant de retrouver la voix agacée de ma mère :

— Cette enquête est une absurdité que mes avocats mettront à mal. Comment peut-on imaginer que les Harwell puissent frauder ? Qui a bien pu inventer ça ? Peut-être celui qui veut voir notre famille tomber ! La jalousie, monsieur le journaliste ! C'est la jalousie qui anime ce monde !

Je reconnais bien là celle qui m'a mise au monde, révoltée, portée par la colère. Ma mère est toujours aussi intimidante, même sans maquillage et avec le costume orange des prisonniers. Elle se battra, jusqu'au bout. Pendant que sa fille se tapit dans un endroit trop bien pour elle alors qu'elle pourrait aider ses parents, aider sa famille !

Soudain épuisée, je quitte le salon en abandonnant la télévision et le journaliste qui crache sur les miens, sur l'innocence de ma mère. Je cours jusqu'à ma chambre et me laisse tomber sur le lit, cachant mon visage dans le coussin. Maman… Elle est si forte, comparée à moi. Elle résiste, elle fait face aux rumeurs, tandis que moi, je me cache pour ne pas les affronter !

Les larmes imbibent bientôt le tissu. Je m'en détache, décidée à aller chercher un mouchoir. Et tombe nez à nez avec Liam, qui, vu sa position, s'apprêtait à secouer mon épaule. Il sursaute en croisant mon regard.

— Liam ?

— Euh…

À voir son air paniqué, pas difficile de comprendre qu'il s'apprête à fuir. Alors, je tapote la place à côté de moi après avoir reniflé un bon coup.

— Assieds-toi.

Il hésite. J'insiste en séchant mes larmes du dos de la main.

— Allez, Liam. Assieds-toi, je ne vais pas te manger, pas de panique.

Il obéit enfin, le visage tourmenté. J'inspire profondément pour calmer la peine dévorante qui m'accable à chaque fois que je repense à l'image de ma mère en costume orange. Elle sortira de là, elle va…

— Se battre, dis-je dans un souffle.

— Pardon ?

Je cligne des paupières pour chasser les dernières traces d'humidité et pivote vers l'adolescent. Il a l'air si triste, si effrayé que mon cœur se serre. Il a besoin d'aide. Et moi, je suis là. Je ne peux peut-être pas aider ma propre famille, mais je peux être utile à ce garçon. Alors, je plisse les yeux et prends mon air le plus assuré.

— Il faut se battre, Liam.

Il me regarde attentivement pendant une longue seconde, puis secoue la tête.

— Bah… c'est trop tard.

— Non ! Liam, il n'est jamais trop tard, mon chou ! Demain, quand tu arriveras devant ces gamins qui t'embêtent, qui te harcèlent, tu te battras ! Tu leur montreras qui est le plus fort, d'accord ?

— Je…

— Ne fais pas comme moi, l'interromps-je. Ne te cache pas. Agis !

Il tressaille. Évidemment, j'ai un peu hurlé le dernier mot. Parce que donner des conseils, c'est beau, mais les appliquer à soi, c'est plus difficile.

Il faut… il faut que je fasse quelque chose.

— Liam, tu veux bien me laisser, une minute ?

L'adolescent sort de la chambre en silence, pensif. Je me jette sur mon téléphone dès que la porte se referme sur lui, et compose le numéro de Marco. Mon manager décroche à la première sonnerie.

— Paxie chérie, non, je ne peux pas te donner davantage de fonds ! s'écrie-t-il.

Derrière lui, le son assourdissant d'une musique techno. J'ai dû le déranger en pleine soirée.

— Marco, je ne veux pas d'argent, dis-je en plaquant le smartphone contre ma joue. Je veux aider ma mère et mon père ! Il faut que je fasse quelque chose !

— Non !

Je sursaute sous le cri virulent de Marco. Comme si je venais de proférer une énorme absurdité.

— Tu ne peux pas rentrer, dit-il un ton plus bas. Pas maintenant. Les journalistes ne feraient qu'une bouchée de toi. Je t'appellerai quand il sera temps, mais pas maintenant !

— Mais, mes parents…

— Tu ne les aideras pas en revenant à New York, insiste-t-il. Paxie… Paxie chérie, il faut que tu demeures dans cette ferme encore quelques semaines.

— Marco, ma famille a besoin de moi !

— Pas encore, Paxie, pas encore. Reste sagement là-bas. Je te contacterai dès qu'il sera l'heure de rentrer.

J'ai beau savoir qu'il a raison, mon cœur est brisé à l'idée de ne pas pouvoir aider ma mère. Marco doit le ressentir, puisqu'il reprend, beaucoup plus tendrement :

— Fais-moi confiance, ma belle, je fais ça pour toi. Je te protège. Reste à l'écart pour le moment, d'accord ?

Même si j'ai envie de lui hurler que non, je ne suis pas d'accord, je réponds favorablement à sa demande. Après avoir raccroché, je m'allonge sur mon lit et laisse le sommeil m'emporter, préférant me plonger dans ses bras que de revoir, encore et encore, la détresse de ma mère se peindre devant mes prunelles.

19

Le lendemain, je suis réveillée par du bruit à ma fenêtre. En ouvrant les yeux, je manque pousser un cri : quelqu'un est collé à la vitre et me fait de grands signes. Encore paralysée par la peur, il me faut dix bonnes secondes pour réaliser que je connais cette personne. Avec son imperméable vert pomme et son serre-tête jaune vif, on ne peut pas la louper !

Je cours à la fenêtre et ouvre, le cœur battant toujours la chamade.

— Josie ! Vous m'avez fait une belle frayeur !

Elle me donne une rapide accolade, à laquelle je réponds avec maladresse. Elle sent la pluie et la cannelle. Une douce odeur qui me rappelle celle de ma grand-mère.

— Désolée, dit-elle en grimaçant. Il est presque midi et je voulais savoir si tu avais envie de manger avec moi… je ne pensais pas que tu allais dormir à cette heure-ci !

Midi ? Comment ça, midi ? Quand je me suis couchée, hier, il devait être à peine 20 heures ! Je n'ai pas pu dormir autant de temps, si ?

— Tu as l'air toute perdue ? Tout va bien ?

Sa question me renvoie à la veille, à ma profonde tristesse après avoir vu ma mère en habit de prisonnière.

La détresse qui m'est tombée dessus, l'épuisement qui s'est abattu sur moi… Si, au final, je comprends que j'ai somnolé tant d'heures. C'était un moyen de m'éloigner de mon cafard.

— Bof, dis-je en passant les doigts dans mes cheveux emmêlés.

Josie fronce ses sourcils grisés et pose sa main sur mon épaule.

— Je vois que tu ne vas pas bien. Tu sais quoi ? Tu vas aller t'habiller, et on va aller marcher ! Comme ça, tu me raconteras ce qu'il se passe pour que ma jolie nouvelle amie soit si triste, d'accord ?

Je hoche lentement la tête. Elle a raison, je ne vais pas bien. Et j'ai besoin de parler. Alors, je n'hésite pas une seconde de plus et file enfiler des vêtements chauds (y compris l'immonde pull en laine prêté par Josie la veille), puis je file dehors sans même avoir cherché à savoir si le maître des lieux était présent. J'ai besoin de discuter et on m'offre cette possibilité. Il faut que je la prenne !

— Josie, avant de t'expliquer ce qui ne va pas, il faut que je t'avoue quelque chose… débuté-je en regardant les tournesols défiler sur notre passage. Je ne suis pas celle que tu penses…

— Je le savais ! s'écrie-t-elle en levant les bras au ciel. Tu es une fugitive ! Ne t'inquiète pas, ma puce, je ne te dénoncerai pas aux forces de l'ordre.

— Non ! Non… Josie, je…

— Ah ! Tu viens ici pour fuir quelque chose ? Quelqu'un ! Ton amoureux un peu fou qui veut à tout prix que vous vous mariiez à Las Vegas face à un sosie d'Elvis ?

— Non ! m'écrié-je tandis que Josie pouffe, amusée par

ses bêtises. Josie, je suis Paxie Harwell. Est-ce que ce nom te dit quelque chose ?

Elle s'arrête, songeuse. Je la détaille tandis qu'elle réfléchit, un doigt sur le menton. Avec son rouge à lèvres rose vif, elle me fait penser à l'un de mes anciens professeurs d'anglais qui mettait toujours du maquillage ultra coloré. Comme pour cette enseignante, c'est son style et ça lui va vraiment bien ! Je ne peux même pas l'imaginer autrement.

Elle secoue enfin la tête de gauche à droite, après une dizaine de secondes passées à chercher.

— Hum, en fait non. Ça devrait ?

Je ne sais pas pourquoi, mais je suis soulagée de sa réponse. J'en lâche même un petit rire. Josie me connaît en tant que Paxie Higgins. Uniquement cette Paxie. Et ça me convient parfaitement !

— Alors, pour tout t'expliquer, je suis la fille d'un couple de riches entrepreneurs qui…

Je lui raconte tout, sans oublier de détails. Pendant une bonne heure, j'évoque mes parents, l'enquête, ma fuite ici. Je mentionne également le reportage d'hier, qui m'a fait tant de mal. Cette fois, je parle d'avant et non de maintenant. Quand je termine, je suis essoufflée et légèrement tremblante, mais soulagée d'avoir pu parler de tout ça à quelqu'un.

— Donc, ta famille a des ennuis et, toi, tu t'en veux d'être cachée ici, résume-t-elle.

— Oui…

— Ma puce, que voudrais-tu faire ? Tu ne peux pas jouer l'héroïne et courir jusqu'à New York pour aider tes parents. C'est une enquête officielle et nous ne sommes pas dans un film. Tu fais mieux de rester ici et de te tenir éloignée des caméras, crois-moi.

Les épaules basses, j'opine malgré mon cœur blessé.

— Si je trouve la possibilité de leur venir en aide, j'y cours directement, dis-je d'une petite voix.

— Oui ! Mais, pour le moment, reste ici et profite de cette parenthèse verte ! Ça te fait du bien, non ?

— Totalement.

— Alors, arrête de penser au reste et concentre-toi sur ce que tu ressens au jour le jour, ma puce. Et quand il faudra agir pour ta famille, tu le feras.

J'opine. Josie s'est arrêtée et tend les bras vers moi. Je fonds vers elle, dans ses bras, avec un petit soupir. Nous demeurons ainsi un long moment, assez de temps pour évacuer le reste de peine qui alourdissait mon cœur.

Quand je rentre à la ferme, Warren m'attend. Les bras croisés sur son torse, il est debout au milieu du salon, l'air furieux. J'ose à peine avancer dans la pièce, troublée par la colère que je lis dans son regard d'argent.

— Paxie, siffle-t-il.

Ma peur éclate : peut-être sait-il qui je suis ? Peut-être a-t-il peur que j'attire la presse à son domicile et que sa famille comme son affaire puissent en pâtir ?

— Oui ? dis-je en avançant dans sa direction, effrayée.

— Le collège de mon fils a appelé, rugit-il, les joues rouges de fureur. Il est sur le point d'être viré pour trois jours, à cause de vous !

Mon cœur s'arrête. À cause de moi ? Comment ça, à cause de moi ?

— Je ne comprends pas, dis-je, la bouche sèche.

— Vous allez venir avec moi, dit-il en plissant les yeux.

Nous sommes convoqués au collège. Je veux que vous vous expliquiez avec son principal.

J'opine, même si je ne sais pas exactement ce que j'ai pu faire pour ça. Comment aurais-je pu pousser l'adolescent à faire quelque chose qui l'aurait propulsé vers la porte ? Je n'en ai aucune idée.

20

Avec son crâne dégarni et ses lunettes rondes écaille de tortue, le principal Lapuzi est un peu ce genre de personnes qui vous poussent à faire des cauchemars la nuit quand vous êtes au collège. Nous sommes entrés dans son bureau il y a une minute et, depuis une minute, il nous toise par-dessus ses verres, la bouche pincée et le regard glacial. Warren et moi attendons, le dos droit, qu'il se décide enfin à parler, à nous expliquer pourquoi nous sommes là, tous les deux.

Ce qu'il fait d'une voix grinçante :

— Votre fils, monsieur Rozel, a aujourd'hui fait quelque chose de très grave.

Le feu monte à mes joues. Qu'a-t-il pu bien faire ? Et pourquoi suis-je convoquée, moi, la fille qu'il connaît à peine ?

— Votre enfant, poursuit le principal en appuyant sur chacun des mots, a frappé un élève, monsieur Rozel. Il a frappé un élève !

Tout mon stress s'envole d'un claquement de doigts. C'est donc ça. Liam s'est servi de ses poings, très certainement face à ses harceleurs. Cette idée me réchauffe et ôte de moi toute culpabilité. Pourquoi m'en voudrais-je d'avoir aidé Liam à se protéger ?

— Qui ? demande Warren.

— Il s'appelle Pierrick Lincoln et il…

— Il persécutait Liam, interromps-je le principal. (Je pivote vers Warren.) Votre fils s'est juste défendu contre ses harceleurs. Ils le poussaient à bout depuis des mois ! C'est pour ça qu'il était si replié sur lui-même, il n'en pouvait plus ! Il n'a fait que batailler contre le harcèlement !

— Le harcèlement ne se combat pas par la violence, rétorque Warren avec colère.

Il se tourne à nouveau vers le principal, abrégeant ainsi les explications que j'aurais pu lui donner. Alors, tandis que monsieur Lapuzi explique à Warren combien son fils est un enfant difficile et mal élevé, je réfléchis à la façon dont j'ai aidé l'adolescent à sortir de ses gonds : hier, pendant que j'étais au trente-sixième dessous, je lui ai dit de « se battre ». Je parlais plutôt d'affronter la vie, mais il l'a pris au sens premier du terme. Et, personnellement, je ne peux pas lui en vouloir ! Bien fait pour ses harceleurs !

Le principal continue à descendre en flèche le fils de Warren. Ce qui a tendance à profondément m'énerver. Au bout d'un moment, agacée par tant de dénigrement, je bondis de ma chaise et tends l'index vers l'homme :

— Stop !

Il arrondit le regard, interpellé par ma réaction. Du coin de l'œil, je vois Warren pencher la tête pour m'observer.

— Vous allez arrêter de rabaisser ce pauvre gamin, maintenant ! Il n'a fait que se défendre contre des garçons qui lui rendaient la vie impossible, ce que vous n'êtes pas capable de faire pour ces collégiens ! Le harcèlement est un danger réel, monsieur Lapuzi, et si vous ne voulez pas ouvrir les yeux sur ce sujet, vos élèves se débrouilleront eux-mêmes pour le combattre !

Je sais de quoi je parle, le harcèlement est partout. Dans mon milieu, il est si récurrent que c'en est étouffant. On abat les plus faibles pour rester au plus haut. C'est ainsi que ça fonctionne, quand on a beaucoup d'argent.

La bouche entrouverte, Lapuzi ne répond pas, visiblement surpris par mes propos. Ceux que je défends corps et âme : j'ai connu le harcèlement adulte comme enfant. À l'âge où certains connaissent leurs premières amours, je subissais la jalousie : combien de personnes m'ont dénigrée parce que j'étais une « fille de » ? Et personne ne m'a protégée contre ça ! Alors, si je peux aujourd'hui aider Liam, je suis ravie de le faire !

— Maintenant, si vous continuez à parler de renvoyer Liam, je n'hésiterai pas à évoquer votre position sur les réseaux sociaux et aux journalistes que ça intéressera ! Après tout, un professionnel qui laisse passer une chose aussi grave qu'est le harcèlement scolaire, ça ne laissera personne de marbre !

Lapuzi ne sait que répondre. Il balbutie quelques mots, dit qu'il y réfléchira, puis nous laisse partir. Une fois le pied dehors, sur le parking, Warren m'attrape par le bras.

— Je sais que vous ne vouliez qu'aider mon fils, mais ce n'est pas la solution, dit-il avec gravité. Son regard acier n'exprime plus la colère, juste une énorme fatigue.

— La violence ne fera qu'aggraver les choses, ajoute-t-il. Et je ne veux pas que Liam souffre davantage.

Muette, je ne sais que répondre. J'ai beau avoir défendu Liam contre le principal, face à son père, c'est totalement autre chose. Car ce n'est plus lui que je protège, mais moi, la fille qui a bousculé sa vie et sa famille.

Il lâche mon bras et passe la main dans ses cheveux, comme vidé de toutes forces.

— Je sais que Liam est harcelé, mais je n'ai pas encore trouvé la solution miracle pour l'aider sans qu'il en pâtisse. Et maintenant, je vais devoir le faire en peu de temps, car quand ses harceleurs voudront se venger, mon fils sera seul contre eux.

Un nœud tord mon estomac. Ai-je fait empirer les choses ?

— Warren, je ne voulais pas en arriver là, en fait, ce n'était vraiment pas souhaité, je…

— Je sais, Paxie. Mais vous l'avez tout de même fait, et, maintenant, je dois résoudre ce problème au plus vite. Je ne veux pas que mon fils devienne le souffre-douleur de ces gamins. Or, c'est ce qui arrivera s'ils se vengent. Il ne sera plus harcelé, il sera persécuté.

Les larmes montent à mes yeux. Mais Warren ne le voit pas, il grimpe en voiture en silence, les gestes tendus. Me laissant seule face à la plus violente des culpabilités. Et maintenant : comment vais-je rattraper mon erreur ?

21

Le lendemain, je retrouve mes amis à Casper, en compagnie de Josie. Warren ne m'a pas parlé depuis que nous sommes revenus du collège et Liam est toujours aussi renfermé sur lui-même. Il a peut-être fracassé le nez de l'un de ses harceleurs, mais les autres sont toujours là, encore plus énervés. Tout ça à cause de moi. Il faut que j'arrange les choses, mais je n'ai aucune idée du comment… Père et fils se sont renfermés dans leur carapace, à cause de moi. Alors, ce petit break en compagnie de mes nouveaux proches va me faire un bien fou, je le sais.

— Salut, les garçons, je vous présente Josie !

— Josie, enchanté, je suis Amir. Et voici mon mari Mike.

Ma nouvelle amie glousse quand Amir lui fait un baisemain. Mike lève les yeux au ciel face à la comédie de son mari, puis claque deux grosses bises sur les joues de la vieille dame. Josie s'évente, les joues rouges.

— Ils sont charmants, dit-elle en papillonnant des paupières.

— Je sais !

— Vous aussi vous l'êtes, ma chère ! Et vos chaussures sont magnifiques !

Josie lâche un immense sourire en baissant le nez vers

ses bottines roses à paillettes. Nous nous installons ensuite à table. Puisque Josie et moi nous sommes si bien entendues, j'ai décidé de la présenter au couple. Elle en était ravie, ses amis du club de marche sont gentils, comme elle dit, mais un peu « vieillots ». Elle a donc sauté sur l'occasion. Nous voilà ainsi à table dans un petit restaurant de banlieue. Un espace campagnard, avec de vieilles affiches ou de grandes roues patinées et recouvertes de fleurs comme décoration, avec des bégonias et des géraniums multicolores. Un endroit loin des coins « huppés » de la ville, mais où je me sens immédiatement bien. Comme souvent depuis que j'ai mis le pied dans le Wyoming.

— Alors, comment vous vous êtes rencontrées ? demande Mike.

— On a marché ensemble, dis-je en échangeant une œillade complice avec Josie.

Je leur explique notre rencontre matinale. Puis, sans vraiment y réfléchir davantage, je leur parle aussi de ma soirée et de mon baiser avec Warren, ainsi que de sa réaction depuis, puis je termine par l'affaire Liam. Quand j'achève mon récit, Amir pousse un profond soupir.

— La belle et son prince face aux difficultés de la vie, dit-il d'un air las.

— Mouais… Et Logan, dans tout ça ? demandé-je. De lui non plus, je ne sais pas quoi faire…

— Oublie-le, simplement ! Logan est le crapaud qui restera crapaud, commente Mike en haussant les épaules.

— Bien dit, chéri !

— Oui, je sais ! s'exclame ce dernier avant de voler un baiser à son mari. Josie éclate de rire, les joues roses.

— Alors, si nous sommes dans un conte, je peux me considérer comme Marraine la bonne fée ?

— Et nous, nous sommes… Gus et Jack ?

— Lumière et Mme Samovar ?

— Sébastien et Polochon ?

— Attendez ! proteste Josie en levant la main. On ne peut pas aider notre princesse sans connaître son amoureux et son fils, non ?

— Évidemment ! acquiescent les garçons d'une même voix.

Amusée, mais un peu effrayée, je les observe tour à tour. Ces trois-là sont devenus complices en un quart de seconde, et ont l'air bien décidés à prendre mon destin en main, ce qui est un rien perturbant.

— Vous savez quand même que nous ne sommes pas dans un Disney ? Et que je ne suis pas une princesse ? Et que tout ne va pas se résoudre en un claquement de doigts ?

— Chérie, laisse-nous rêver un peu ! s'exclame Amir.

— Mais..

— Pas de « mais », s'oppose Josie. Si tu veux qu'on te donne un coup de main pour aider cette petite famille, on doit rencontrer celui qui fait battre ton cœur.

— « Celui qui fait battre ton cœur » ! Josie, c'est si joliment dit ! commente Amir d'un air rêveur.

— Je sais, feu mon mari m'a toujours dit que j'aurais dû être poète…

— Josie a raison, Paxie, il faut que l'on rencontre Warren. Sinon, nos conseils risquent de tomber à l'eau. On doit pouvoir se faire notre propre idée de lui.

Je me sens pâlir. Tout va bien trop vite, d'un coup. Je ne peux décemment pas présenter mes trois nouveaux amis à une personne bien décidée à m'ignorer !

— Non ! protesté-je. Non, non et non.

— Ma puce, laisse-nous faire, je t'assure qu'on sera

discrets ! On veut juste rencontrer la famille Rozel pour se faire une idée d'eux.

— Mais oui, commente Amir. Ne t'inquiète pas. J'ai même une super idée pour rencontrer le beau Warren… et il n'y verra que du feu…

Le soir arrive. J'ai enfilé une robe en laine bleue et les bottines prêtées par Grace. Puis, je me suis maquillée aussi bien que les tutoriels YouTube me l'ont appris. C'est de mieux en mieux au fil des jours, bientôt ce sera parfait, comme quand ma maquilleuse s'occupe de moi !

Je regarde ma montre. Ils devraient arriver d'une minute à l'autre. Les nouveaux éléments de ma vie vont se mêler d'ici quelques instants. Warren, Grace, Liam, Amir, Mike et Josie. Ensemble. Et moi, je serai au milieu de leur nouvelle cohésion. Stress.

Je m'asperge de parfum, les yeux mi-clos. Puis, j'ajoute une touche de gloss à mes lèvres déjà trop maquillées. Enfin, je m'installe sur le lit, les mains sur mes cuisses, le cœur battant la chamade. Quand la sonnerie de la porte retentit, je bondis sur mes pieds et cours vers le salon, laissant la porte de ma chambre ouverte dans la précipitation. Warren est déjà occupé à saluer les nouveaux arrivants.

— Messieurs, madame, dit-il. Bonjour et bienvenue au gîte Rozel.

Je retiens ma respiration quand mon regard croise ceux, malicieux, des trois nouveaux arrivants. Ils ont réservé une chambre chacun pour cette nuit et le repas de ce soir. De quoi pouvoir papoter tranquillement avec Warren.

— Paxie ! s'écrie Josie. Comme tu es belle, ma chérie !

Nous avons décidé de ne pas mentir à Warren sur notre lien. Il sait que les garçons et Josie sont mes amis, et il pense simplement qu'ils sont venus ici suite à mes recommandations.

— Merci !

— Ouah, c'est tellement chou, ici ! Hein, Mike, que c'est chou ?

— Mais oui, c'est trop joli, monsieur Rozel.

— Je veux le même petit nid douillet, amour !

Les garçons continuent à babiller, Josie s'accroche au bras de Warren et lui fait les yeux doux. Nous rejoignons la table, où les enfants nous attendent déjà. Grace, sage comme une image, nous regarde avec curiosité. Liam a le nez plongé sur l'écran de son portable, comme toujours. Nous nous installons tous, Warren se met en bout de table, je m'installe à sa droite, les enfants sont à sa gauche. Josie se place à côté de moi et les garçons prennent les chaises restantes.

— Paxie nous a vanté cet endroit, mais il est encore plus joli que je l'imaginais, gazouille Josie en tirant sur les manches de son pull rose.

— Vous devez être très fier d'habiter un endroit pareil, ajoute Mike.

— Il ne manque plus qu'une jolie Mme Rozel pour partager le bonheur de cet endroit, ajoute Amir avec un sourire innocent.

Je roule des yeux à l'attention de mon ami, mais il fait comme s'il ne me voyait pas. Warren lui répond d'un sourire poli.

— Ma femme est partie en Floride avec mon meilleur ami, l'année dernière… Je suis donc seul pour gérer cet endroit.

— Oh, comme c'est triste ! s'exclame Josie.

Je me demande si c'est pour ça que Warren semble si lointain, si fermé. Il a été abandonné et trahi par la mère de ses enfants. Son masque d'homme des cavernes s'explique peut-être par cette trahison… c'est une façon de se protéger face à la cruauté des autres.

Poussée par un instinct presque primitif, je pose ma main sur celle du propriétaire des lieux. Il marque un sursaut et vient chercher mon regard, l'air interdit.

— Je suis désolée qu'elle ait pu vous faire ça, chuchoté-je. Vous ne méritez pas ça, Warren.

Il ne répond pas, mais soutient longuement mon regard. Je me sens toute chose, tandis que les secondes passent et que nous nous fixons, muets. La froideur dans ses yeux se transforme, devient douce, puis chaude… un frisson parcourt mon échine.

Et Josie tape dans ses mains, brisant net la bulle dans laquelle nous nous trouvions.

— Et si vous nous parliez un peu de vous, Warren ? Quelle est votre couleur préférée, par exemple ?

Il cille en revenant porter son attention sur Josie, qui le regarde avec un grand sourire aux lèvres, la joue posée sur ses mains jointes. J'ai envie de rire face à l'air rêveur de ma nouvelle amie, qui est à priori tombée sous le charme de ce cher M. Rozel.

— Ma couleur préférée ?

— Mais oui… moi, c'est le rose. Et vous ?

L'argent, ai-je envie de répondre à cette question, même si elle ne m'est pas adressée. Et ce depuis que j'ai plongé mes prunelles dans celles, hypnotisantes, de Warren Rozel.

— Le vert… répond-il d'un souffle, tandis que nos iris s'accrochent de nouveau.

Un frisson me parcourt. Vert, comme mes yeux. Est-ce une coïncidence qu'il me réponde ainsi ? Oui, certainement. Je suis quand même la personne qui, grâce à ses conseils à la noix, a causé des problèmes scolaires à son fils…

— Et votre repas favori ? Si vous répondez « les makis », je vous épouse ! s'écrie Josie.

— Doucement, chère amie, laisses-en un peu pour les autres, s'amuse Amir.

— Je te rappelle que tu es marié, chéri.

— Bien, bien, alors, Josie, faites-vous plaisir.

Je pouffe face aux singeries de mes amis. Warren sourit lui aussi, amusé. Le repas se poursuit au milieu des blagues et discussions, en une simplicité qui me fait un bien fou. Même Grace et Liam participent, portés par la bonne humeur de mes amis.

— Et c'est ainsi que je me suis retrouvée en pantoufles et robe de chambre dans la rue, sans pouvoir rentrer chez moi ! conclut Josie en riant. Mes voisins en ont profité, surtout ce charmant M. Kork ! Je suis sûre qu'il jubilait de me voir ainsi… le filou !

Grace rit aux éclats. Liam esquisse un embryon de sourire, une victoire face à la tristesse qui l'habite en temps normal. L'ambiance est à la joie et à la bonne humeur. Josie se ressert un verre de vin, les joues rouges. Je crois qu'elle est un peu pompette !

— Dites, monsieur Rozel, vous êtes donc un cœur à prendre ? s'écrie-t-elle. Parce que moi aussi, ça tombe bien, non ?

Nous éclatons à nouveau de rire. Josie lui jette son regard le plus charmeur et j'observe, pour la première fois depuis que je le connais, de petites rougeurs sur les joues de Warren. L'embarras lui va comme un gant, il n'en est que plus craquant. Oui, craquant. Il faut croire que je fonds de plus en plus pour mon hébergeur…

— Vous avez un *love interest* ? demande soudain Amir.

— Un… *love interest* ? Qu'est-ce donc ?

— Un partenaire amoureux potentiel, si vous préférez. Quelqu'un sur qui vous craquez. Avant que je rencontre Mike, le mien était Robert Downey Jr. Mais il était un peu inapprochable…

— Papa, tu ne connaissais pas ce terme ? s'écrie Grace.

— Eh non, ma chérie, il faut croire que je deviens trop vieux pour ça, s'amuse-t-il.

— Vieux ? Mais vous avez quoi… trente ans ? l'interroge Josie.

— Trente-sept, pour tout vous dire.

— L'âge parfait ! s'écrie Amir, fusillé du regard par son mari.

— Alors, insiste Josie, malicieuse. Vous en avez un ?

— En fait… oui, il se trouve que j'ai un *love interest*, avoue-t-il à voix basse.

Et, à cet instant, il me fait du pied. Il me fait du pied. IL ME FAIT DU PIED. À moi, la fille qu'il a embrassée et qu'il ignore depuis. Moi, la fille qui a poussé son fils à se battre. Moi, la fille qui ne lui a même pas donné son vrai nom de famille. Moi ? Vraiment ?

— Ça… ça ne sent pas le brûlé ? bredouillé-je en évitant son regard.

— Si ! souffle-t-il en se levant. Vous venez m'aider, Paxie ?

Nous filons dans la cuisine, loin de la curiosité des autres. Des chuchotements nous suivent. Je me sens toute patraque, comme si j'avais un gros rhume. Mon cerveau est cotonneux. *Love interest* ?

Il referme la porte derrière nous, nous enfermant dans un cocon de solitude. Les mouvements pleins de grâce, il s'avance et pose ses deux mains sur le comptoir, de chaque côté de ma taille. Je bloque l'air dans mes poumons, aussi confuse qu'excitée.

— Alors, vous avez un coup de cœur pour quelqu'un ? couiné-je.

— Oui. Je n'arrête pas de penser au baiser que nous avons partagé, elle et moi, avoue-t-il en détaillant mes lèvres.

— Moi aussi. Enfin, je veux dire, elle aussi. Elle pense à vous. Beaucoup. Souvent. Tout le temps.

— Ça tombe bien, je n'ai plus qu'elle en tête…

— Même si elle vous attire des ennuis ?

Il laisse un silence passer, occupé à me dévisager avec une faim intense.

— Vous n'apportez pas que ça, rétorque-t-il enfin d'une voix rauque.

Il glisse sa main derrière ma nuque, tendrement. Ses doigts se perdent dans mes cheveux. Sa bouche se rapproche de la mienne. Pour la deuxième fois, j'embrasse Warren Rozel, en me perdant dans ce baiser et les sensations exquises qu'il fait naître en moi. Ses mains glissent sur mes épaules, caressent ma peau en me procurant des frissons de bien-être. Je vibre, comme envoûtée et lui mordille la lèvre inférieure avant de clore ce baiser, fiévreuse.

— Je pensais que vous ne vouliez plus de moi… dis-je dans un souffle contre ses lèvres. Ou que vous aviez tout oublié…

— Je ne peux pas vous oublier, Paxie, répond-il avant de me voler un nouveau baiser.

— Alors, vous et moi…

— Oui, opine-t-il avec chaleur. Oui.

Il se détache enfin de moi, les pupilles dilatées par l'envie, cette même passion qui traverse mon corps et palpite dans mes veines. Je n'ai plus qu'une hâte, me fondre en lui, sentir sa peau contre la mienne, sa langue sur mon corps. Mais pour ça, il faudra attendre, je le sais… Il n'est pas comme tous ces hommes avec qui j'ai partagé des nuits fiévreuses, sans lendemain. Il est différent.

Nous retournons dans la salle à manger, l'air de rien. Josie me harponne immédiatement :

— Alors, le repas a brûlé ?

Je me mets à rire, gênée. Elle sait. Josie a deviné, comme Amir et Mike. Quant aux enfants de Warren, ils doivent bien se douter qu'il se passe quelque chose entre leur père et moi…

— Non, pas du tout. C'était une fausse alerte.

Nous nous installons tous à table, Warren nous sert à boire avant de repartir en cuisine chercher le plat principal. Josie crible chacun de questions, les garçons lancent des blagues qui font rire tout le monde, y compris Liam. J'apprécie tellement cet instant passé avec ceux qui sont mon nouveau quotidien, qui forment avec moi la nouvelle Paxie. Je réalise que je me suis construit grâce à eux, parce que nous formions un ensemble. Mes amis ont forgé cette nouvelle personne, ils m'ont permis de sortir de mes habitudes pour trouver le bonheur.

Ensemble.

Et alors que je savoure ce mot, cette cohésion, une idée virulente me traverse. Je manque renverser ma chaise en me levant. Car je viens d'avoir une illumination. Je sais ! Je sais comment aider Liam à combattre le harcèlement scolaire !

22

— Liam, il faut qu'on parle, énoncé-je après le repas, tandis que le jeune garçon s'apprête à retourner dans sa chambre.

Il me regarde en fronçant les sourcils, hésitant. Il a beau avoir montré une facette plus souriante de lui ce soir, il reste l'adolescent marqué par le harcèlement et la peine, celui que j'ai malheureusement l'habitude de côtoyer. Celui que j'aimerais voir remplacé par un Liam souriant, joyeux.

— Si vous voulez me parler de mon père, commente-t-il en regardant le bout de ses chaussures, vous n'avez pas besoin de me demander la permission. Il est assez grand pour savoir s'il veut sortir avec quelqu'un comme vous. Mais dites-lui votre véritable identité, c'est tout.

Je reste sans voix, surprise par cette réponse lâchée d'une traite qui me laisse à penser qu'il y a mûrement réfléchi.

— Euh… non, balbutié-je, en tirant nerveusement sur les manches de mon haut. Non. En fait, je ne voulais pas te parler de ton père. Mais de toi.

Il pousse un profond soupir et se replie sur lui-même, la tête rentrée dans les épaules et les bras croisés sur son torse.

— Il n'y a rien à dire sur moi.

— Au contraire. Tu vis quelque chose de grave, Liam. Et je pense avoir une idée pour arrêter tout ça.

Il hausse un sourcil, dubitatif.

— Ah ouais ? Si c'est en me « battant », ce n'est pas une bonne solution. Pierrick m'a déjà promis la raclée du siècle pour bientôt.

— Non… en fait, je pensais à autre chose. Mais pour ça, il va falloir que tu me fasses confiance, Liam. Que tu croies en moi et en ce que je vais t'expliquer. Parce que, ensemble, on peut arrêter le harcèlement.

Le lendemain, je me lève aux aurores pour filer dans le salon. J'y trouve Warren en bottes et imperméable, déjà prêt à aller nourrir ses animaux. Je l'alpague en levant haut la main.

— Warren !

Il se tourne vers moi et relève le coin des lèvres, l'air filou.

— Que puis-je faire pour vous, mademoiselle Higgins ? dit-il d'une voix joviale. Vous avez besoin de quelque chose ?

« De tes lèvres », ai-je envie de répondre. Mais ce n'est pas le moment de céder à mes pulsions, à cette envie folle de plonger sur lui et de l'attirer dans un recoin sombre afin de faire des choses pas très catholiques. Avant, je dois aider son fils. Liam m'a accordé sa confiance, à moi d'en faire bon usage.

— En fait, je voulais savoir si vous avez une imprimante ? Et des feuilles, colorées de préférence ? Oh, et si vous vouliez bien recevoir un groupe de dix à cent personnes, ce soir ?

Il me fixe, intrigué. J'avance doucement vers lui, enjôleuse.

— Vous avez perdu votre langue, Warren ?

Au coin de ses lèvres qui tremble, je devine qu'il réprime un sourire, avec beaucoup de difficultés.

— Que préparez-vous, Paxie ?

J'aime la façon dont mon prénom lui échappe, avec une sensualité qui fait naître de délicieux frissons dans tout mon corps.

— En fait, j'ai une idée pour aider Liam. Et, justement, je voulais vous en parler…

Je lui explique alors mon plan, de A à Z. Il m'écoute, le front plissé, concentré. Quand je termine, il reste plusieurs secondes, immobile, le regard lointain. Je me mets à danser d'un pied sur l'autre, curieuse d'avoir son avis et un peu inquiète que mon idée ne lui plaise pas. Mais Warren hoche finalement la tête de haut en bas en signe d'accord.

— Du papier de toutes les couleurs, souffle-t-il. Ça vous tente de venir avec moi en ville, Paxie ? Je dois faire quelques courses…

J'ai du mal à réaliser ce qui est en train de se passer : Warren et moi nous promenons dans les rues de Casper, épaule contre épaule, complices comme jamais. Les inquiétudes sont loin, la situation de la ferme comme celle de ma famille, ce sont deux sujets que nous avons éloignés pour nous concentrer sur notre opération « papier de couleur ». Liam passe avant le reste, son père comme moi sommes d'accord sur ce point.

Warren me montre l'échoppe dans laquelle j'avais fait mes achats de vêtements alors que je venais d'arriver en ville. Rêveuse, je regarde la vitrine pleine de bibelots, d'habits multicolores et de tout un tas d'objets de toutes sortes. Le magasin de Sophy me rappelle ma première « claque », cet instant où j'ai compris que vivre sans des millions de dollars n'était pas forcément un calvaire.

— Cet endroit est une véritable caverne d'Ali Baba. Ma fille adore y faire du shopping, elle y trouve toujours de quoi s'habiller ou s'occuper.

— J'y suis allée, il y a quelques jours. J'ai adoré.

Nous continuons notre petite promenade, profitant des rayons de soleil automnal même si les températures avoisinent seulement cinq petits degrés. Nous arrivons finalement devant un magasin de papeterie. Warren me tient galamment la porte pour me laisser entrer. Je lâche un petit rire et me glisse dans le magasin. Avec surprise, je sens alors la main de Warren frôler la mienne, plusieurs fois. Je lui lance un regard partagé, le souffle court.

Il affiche un sourire gigantesque.

Mon cœur se met à battre à toute vitesse. En ignorant le rayon des papiers de toutes sortes, je me dirige vers le fond du magasin, Warren toujours à mes côtés. Quand nous arrivons dans le dernier rayon, Warren attrape ma main et me tire derrière une étagère remplie de laine. Je ris en atterrissant contre lui, le visage en feu.

Je minaude en détaillant ses cheveux sombres qui encadrent parfaitement son visage :

— Monsieur Rozel, quelque chose à me demander ?

— Mademoiselle Higgins, dit-il d'une voix rauque, je souhaiterais parler à mon *love interest*… Est-elle ici ?

Je vais flancher, c'est sûr. Comment résister à sa voix chaude, à son souffle tout près de ma peau, au désir qui brille dans ses prunelles d'argent ?

— Elle n'attendait que vous, dis-je enfin d'un timbre éraillé.

— Alors, discutons un peu de choses sérieuses…

Il se baisse pour attraper mes lèvres, tendrement. Je réponds à son baiser, envoûtée. D'abord timide puis plus intense, son embrassade me rend fiévreuse, les jambes tremblantes. Heureusement que je peux m'appuyer sur les étagères pour ne pas tomber !

— Paxie, souffle-t-il quand nous nous détachons, tu me rends fou…

Je caresse sa barbe du bout des doigts, touchée en plein cœur par cet aveu.

— Toi aussi, Warren.

Je l'embrasse à nouveau, le cœur débordant d'amour.

— Ce que tu fais pour Liam, ajoute-t-il d'une voix douce, c'est vraiment énorme. Tu n'étais pas obligée de chercher une solution, et encore moins de prévoir une telle action.

— Je le fais parce que ta famille est incroyable et qu'elle mérite le bonheur.

Il me serre contre lui et m'embrasse sur le front, tendrement. Je ris doucement et ajoute, tout contre son cou :

— Toi aussi, je vais t'aider.

Je le sens se tendre sous mes mains, alors je recule pour le regarder droit dans les yeux :

— Oui, monsieur Rozel, je vais trouver une solution pour que tu gardes la ferme.

— Sauf si tu peux me faire gagner à la loterie, tu ne pourras pas faire grand-chose, Paxie…

Je plisse le nez. Il a raison, mais je veux tellement lui donner un coup de main, faire quelque chose… L'idée qu'il puisse perdre cet endroit incroyable qu'est la ferme me donne envie de hurler.

— Je trouverai une solution, dis-je, catégorique.

Il sourit et enroule l'une de mes mèches autour de son doigt.

— J'aime ton positivisme, Paxie Higgins. Bon, on va les chercher, ces feuilles ?

Nous repartons vers le rayon concerné, main dans la main, comme un vrai couple. Et, alors que nous passons devant un miroir et que je croise notre reflet, celui d'un couple détendu et heureux, je me promets de lui dire le plus vite possible mon lourd secret, celui qui fait de moi une autre femme que celle qu'il connaît.

23

Emmitouflée dans une écharpe en cachemire et mon gros manteau en laine, ainsi que dans l'ignoble, mais chaud pull prêté par Josie, je tends mes feuilles colorées à tous les adolescents qui passent devant moi, sourire aux lèvres. Beaucoup s'arrêtent quelques mètres plus loin pour le lire tranquillement, certains me jettent des petits regards intrigués et parfois apeurés. Surtout ceux qui ressemblent à des petites brutes, même si les apparences sont parfois trompeuses.

Mike, Amir, Josie et Warren sont là, eux aussi. Devant le collège de Liam. Ils distribuent les tracts invitant les élèves à nous rejoindre, ce soir, chez Warren. À créer le « clan des collégiens libres ». C'était ça, mon idée. Regrouper tous les élèves harcelés, intimidés… pour créer une cohésion, un groupe qui pourra plus facilement lutter contre le harcèlement. Ce soir, nous attendrons tous ceux qui ont décidé de se joindre au groupe, à cette armée destinée à être plus forte, ensemble. Nous les motiverons. Et, ensemble, ils seront bien plus forts que seuls. Ensemble, ils feront face à leurs détracteurs…

— Madame ?

Je me baisse vers la petite collégienne qui m'a interpellée. Des cheveux blond-roux, de grands yeux vert pâle et un adorable minois, cette gamine ne doit pas avoir plus de douze ans. Elle attire aussitôt ma sympathie.

— Oui, ma puce ?

— Vous croyez vraiment qu'on peut « lutter contre le harcèlement, tous ensemble » ? demande-t-elle en lisant mon tract.

— Oui, bien sûr. Tu n'y crois pas ?

Elle hésite en pinçant sa petite bouche rose.

— C'est difficile de garder la tête haute face à ça... dit-elle en jouant avec son bracelet.

— Plus maintenant. Viens à l'adresse indiquée avec tes parents demain soir, et tu verras qu'on peut surmonter ça.

Je conclus d'un large sourire. Elle me répond d'un signe de tête et file en tenant les bretelles de son sac à dos violet. À cet instant, Warren arrive vers moi, les joues rosies par le froid.

— Tu sais quoi ? demande-t-il en enveloppant les lieux du regard.

— Oui ?

— Je sens que ton idée va marcher. Tu vas apporter un nouveau souffle sur cette école, Paxie.

Je serre sa paume dans la mienne, heureuse. Je ne me suis jamais sentie aussi utile qu'aujourd'hui.

À 20 heures, le lendemain, le salon de la ferme est rempli d'une trentaine d'enfants et de leurs parents, ce qui constitue une foule assez conséquente. Je n'imaginais pas que le mouvement allait motiver autant d'élèves, c'est encore mieux que je l'espérais. Il y a de tout dans la foule, autant de garçons que de filles, petits ou grands, intimidés ou le menton haut, plein d'espoir ou le regard vide… Un nombre effroyable d'adolescents qui souffrent des agissements des autres.

Liam a l'air à son aise, tellement différent de l'adolescent renfermé qu'il est en temps normal. Ce challenge, ce futur que nous sommes en train de créer, le motive, le transforme. Il navigue entre chacun, sourire aux lèvres. C'est lui, le commandant de cette future armée. C'est lui qui ira leur insuffler de l'espoir et leur permettre de revivre. C'est lui qui va prendre la parole d'ici quelques minutes pour englober chacun dans ce nouveau groupe. Et, si j'en crois la lueur dans son regard, il en est très fier.

Au bout d'une vingtaine de minutes de discussions, Liam monte sur la table et tape dans ses mains jusqu'à obtenir toute l'attention de son public. Il se racle la gorge et débute :

— Bonjour à tous. Je m'appelle Liam Rozel et je suis dans le même collège que vous. Si vous êtes ici, c'est parce que, vous aussi, vous devez être concernés par le harcèlement scolaire.

Un brouhaha confirme ses propos.

— Il se trouve que nous pouvons stopper tout ça, ajoute-t-il. Nous pouvons combattre ce fléau en nous unissant, tous contre lui. Tous ensemble, nous sommes plus forts que seuls dans notre coin. C'est une amie qui me l'a appris.

Il me regarde en ponctuant cette phrase. Je sens une vague de joie et de bien-être me submerger. Je suis si fière d'avoir pu aider Liam, moi dont la plus grande victoire consistait à avoir eu le sac de mes rêves le jour de sa sortie chez Chloé. Aujourd'hui, il crée un groupe qui s'entraidera, qui combattra ensemble ses harceleurs. Une cohésion qui, je l'espère, annihilera toute trace de tristesse chez chacun de ces enfants.

Liam continue son discours, encourageant les élèves avec ferveur, emporté par notre plan. Les parents écoutent eux aussi attentivement, conscients qu'un moment fort se joue. Une fois qu'il a terminé, tout le monde l'applaudit avec vigueur, les élèves lâchent même des « whoo whoo » retentissants. Liam saute de la table et rit en saluant chacun, porté par leur joie. Il est métamorphosé par l'espoir d'une future victoire, offrant un adolescent totalement différent aux yeux de chacun.

Je croise à cet instant le regard plein de fierté de Warren. Je file vers lui en me faufilant dans la foule.

— Ton fils a été impressionnant, dis-je à peine arrivée à son côté.

— Grace à toi, confirme-t-il en me prenant la main.

— Je lui ai donné l'idée. C'est lui qui l'a portée.

Il m'attrape par la taille, m'entraînant dans le couloir. Je ris quand il me plaque contre le mur, mais il m'interrompt d'un profond baiser.

— Si tu savais comme je suis heureux de t'avoir rencontrée, souffle-t-il contre mes lèvres.

— Moi aussi.

— Maintenant, j'aimerais savoir plein de choses sur toi. Où tu habites, ce que tu fais dans la vie, qu'elles sont tes passions… parle-moi de toi, Paxie.

Mon cœur se décroche. Je savais que ce moment allait arriver, je ne pouvais pas ignorer ma vie actuelle indéfiniment. Maintenant, Warren veut savoir qui je suis. Qui est cette personne superficielle et sans âme qu'est Paxie Harwell, l'opposée de Paxie Higgins.

J'entrouvre la bouche, mon être se raidissant sous la peur. Je ne suis pas prête. Non. Pas encore.

— Pas maintenant, dis-je d'un souffle.

— Rassure-moi, tu n'es pas une hors-la-loi ? s'amuse-t-il. Je ris doucement, même si le cœur n'y est plus.

— Non, aucun risque là-dessus, mon casier judiciaire est blanc de blanc.

Parce que papa a fait effacer toutes les bêtises que j'ai faites plus jeune.

— Alors, pourquoi ce secret ? demande-t-il en me lorgnant par-dessous ses longs cils noirs.

— Je… c'est compliqué.

Je me détache de lui et lui offre un sourire mélancolique. Puis, je m'éclipse sans prêter attention à ses appels interrogatifs. J'ai besoin d'être seule, loin du mensonge, loin de l'amour.

Car je sais que tout peut se briser d'un instant à l'autre, à cause de moi.

24

— Paxie ? On peut parler ?

Je pivote vers Warren et le découvre en pantalon de toile et gros pull en laine. Un sourire effleure ses lèvres, une barbe de trois jours ombre ses joues. Il y a encore peu de temps, je ne me serais jamais retournée sur un type comme lui. Maintenant, je fantasme sur son corps. Nous jouons au chat et à la souris depuis sept jours, nous volant parfois des baisers, des caresses ou en nous envoyant des regards torrides. Mais nous n'avons pas encore passé l'ultime étape. Par ma faute. Je suis freinée à l'idée de coucher avec lui sans lui avouer la vérité à mon sujet. Or, je ne suis pas prête à ça. Je ne veux pas qu'il voie la vraie Paxie. Alors, nous en restons là pour le moment.

— J'ai un petit service à te demander…

Je détaille ses épaules carrées, son visage aux traits ciselés, ses beaux yeux argentés. J'admire constamment sa grâce quand il bouge, à la façon d'un félin. Je lui fais signe d'un mouvement de tête que je l'écoute, résistant à l'envie de m'éventer de la main sous la bouffée de chaleur qui vient de me happer.

— Eh bien, en fait… (il hésite un instant) il y a une soirée demain, au village. Je voudrais savoir si tu voulais m'y accompagner ? Je sais que c'est un peu une demande particulière, que tu as sûrement mieux à faire et que…

— Oui, l'interromps-je. Oui, bien sûr que je veux bien t'accompagner !

En fait, une partie de moi n'attendait qu'une telle demande, désireuse de retrouver cette chose que sont les fêtes, le champagne, la danse… Mais, surtout, désireuse de pouvoir profiter de Warren pendant toute une soirée.

Il paraît soulagé de ma réponse, comme s'il était possible que je lui réponde d'un « non » catégorique. Comme si j'allais refuser de passer du temps avec lui.

— Bien. Les enfants iront chez ma sœur, nous ne serons donc que deux…

Le sous-entendu est si clair qu'il aurait pu porter un panneau clignotant rouge avec sa signification, ça serait revenu au même. Seuls, tous les deux. Seuls, comme un couple. Seuls, pour finir la soirée sur une banquette arrière ?

— Et comment doit-on s'habiller ? demandé-je en posant deux doigts sur son torse. De façon sage, sexy, coquine ?

Il affiche un sourire malicieux, me détaillant de haut en bas. Je sens son cœur battre sous mes doigts, désormais posés sur son torse.

— Sage, puis sexy, puis coquine.

Je ris doucement, lui non. Il est sérieux. Très sérieux. Mon amusement se tarit de lui-même, mon être se met à vibrer, frissonnant de désir. Je repousse une mèche de mes cheveux derrière mon épaule pour me donner une contenance.

— Soit, dis-je. Vos désirs sont des ordres, mon cher…

Je m'éloigne sur ces mots, toute retournée. Hâte et frayeur se mêlent en moi : je veux être à demain soir, vivre cet instant avec lui et… en profiter pour lui dire qui je suis. Si nous devons coucher ensemble, il faut qu'il sache. Ensuite, nous serons libres. Libres de vivre notre histoire sans mensonges.

Je repars dans ma chambre et ouvre grand les fenêtres pour prendre une profonde gorgée d'air frais. De l'oxygène pur, sain. Comme cet endroit. Depuis que je suis ici, j'ai la nette sensation d'être devenue quelqu'un d'autre. Une fille plus apaisée, moins tourmentée, plus gentille. J'ai même aidé Liam à retrouver le sourire ! Depuis la semaine dernière, il est constamment de bonne humeur, heureux de son nouveau poste en tant que « dirigeant » de la force anti- harcèlement. Il me parle souvent d'un livre qu'il avait lu dont le personnage principal, Silas, devenait le responsable de la rébellion dans un monde dystopique où plus personne n'avait de libre arbitre. D'après ses propos, il se sent Silas, il se sent fier de porter la bataille contre ce qui ronge beaucoup trop de vies.

Et moi, je suis fière de lui.

C'est fou comme j'ai pu m'attacher aux enfants de Warren. Grace et sa bonne humeur constante, Liam et son nouveau positivisme. Ces gamins sont adorables, tellement loin des enfants blasés de certaines de mes amies.

Mon téléphone sonne soudain, m'arrachant à mes pensées. Je grimace en découvrant que l'appel provient de Logan.

— Logan, je n'ai pas besoin de ton aide.

Il me harcèle depuis une semaine en me demandant si j'ai besoin d'argent, d'une voiture ou d'un logement. Je ne lui ai jamais répondu. La Paxie sophistiquée n'aurait pas hésité une seule seconde, mais la fille qui loge dans cette ferme, elle, ne veut même pas y réfléchir.

— Je ne t'appelle pas pour ça, Paxie.

— Pourquoi, alors ?

— C'est… c'est ton père.

Soudain, je sens un grand gouffre m'envahir tout entière. Ma respiration s'accélère. Le timbre de Logan, ses mots qui annoncent la peine, tout me laisse à penser que les prochaines secondes vont me pousser dans les flammes de l'enfer.

— Logan… dis-je dans un souffle en m'accrochant au téléphone de toutes mes forces, qu'est-ce qu'il se passe ?

— Je suis désolé, Pax, vraiment désolé… Il… il a fait un arrêt cardiaque, il est à l'hôpital.

Mon téléphone tombe au sol, mes genoux cèdent sous mon poids. Je m'effondre à terre en poussant un gémissement rauque. Dans le téléphone, j'entends les appels de Logan, effrayés. Mais je n'arrive pas à répondre. Non, je n'y arrive pas. Car la vraie vie me rappelle à elle… de la plus cruelle des façons.

25

Je déteste toujours prendre le train. Mais, cette fois, je ne vois pas passer le trajet : j'ai pris deux comprimés d'anxiolytiques qui m'ont plongée dans les brumes du sommeil. C'est une vieille dame qui m'a réveillée pour me dire que nous étions arrivés à destination. À New York. Je suis de retour dans la Grosse Pomme.

J'attrape mon bagage et me dirige vers la sortie du train, me faufilant au milieu de la foule pour essayer de passer. C'est une cohue du tonnerre : les gens se bousculent, certains donnent des coups de coude, les enfants pleurent, les hommes et femmes d'affaires grommellent entre leurs dents serrées. Le stress de la ville émane de partout, engloutissant d'un seul coup le bien-être que m'avait apporté la campagne. En sautant sur le quai, un adolescent boutonneux me bouscule et me traite de « salope » parce que je ne me suis pas décalée. Mon cœur bat à toute vitesse.

Je cours vers la sortie de la gare. Une rangée de taxis jaunes attendent leurs clients. Je plonge dans l'un d'eux et donne l'adresse de l'hôpital. Le chauffeur me jette un coup d'œil par le rétroviseur, le regard plissé.

— Je vous connais, vous ! Vous êtes cette fille, là, qui était dans le film *300* ! Comment elle s'appelle, déjà ? Ah, oui, Eva Green !

— Non, je ne suis pas…

— Ah non ! Je sais ! *Jessica Jones* ! C'est vous ! C'est quand que vous vous tapez votre associé, là, dans la série ? Je regarde pour ça, moi !

Ma tête me tourne. Des fragrances de cigarettes électroniques aux différentes odeurs planent dans l'habitacle. Je pose deux doigts sur mes tempes, soudain nauséeuse. Je regrette déjà d'avoir avalé ces cachets…

— Ah, les stars ! Vous pourriez au moins répondre, s'agace le conducteur face à mon silence.

— Je ne…

— Ouais, ouais, c'est bon, pas besoin de m'expliquer que vous ne parlez pas aux petites gens comme nous, je le sais déjà !

Il allume la radio et lance le son à fond, se renfermant ainsi dans sa bulle de musique. Je soupire et m'enfonce dans mon siège, le cœur au bord des lèvres. La foule, la pollution qui m'irrite les poumons, la mauvaise humeur des gens… c'était donc ça, New York ? Pourquoi ne le vois-je que maintenant ?

Ou alors, peut-être est-ce simplement que je me focalise là-dessus ? Oui, c'est ça. Cette ville, j'y ai vécu pendant trente ans et j'y ai toute ma vie. Ce n'est pas un chauffeur malhonnête et un peu de bousculade qui vont m'effrayer…

Au bout d'un temps interminable, le taxi s'arrête devant l'hôpital. Je donne mes derniers dollars au chauffeur et file à l'accueil pour me renseigner sur la chambre de mon père. Après avoir pris l'ascenseur et traversé un long couloir, je me retrouve enfin devant la chambre 204. La chambre de mon père, veillée par un policier, comme si mes parents étaient des malfrats. Papa. Mon pauvre papa.

Je frappe et pousse tout doucement le battant. Papa est là, au milieu de ce lit trop grand pour lui, le visage pâle et creusé, relié à un tas de câbles transparents. Une main glacée vient étreindre mon palpitant, je m'avance, les larmes aux yeux.

— Bonjour, papa.

Il me sourit. Ma mère, qui est installée à son chevet, se lève et vient m'étreindre. Je me laisse aller à ce câlin, vidée de toute force. Puis, j'avance vers mon père et prends la place qu'occupait maman quelques instants auparavant. J'attrape sa main, aussi froide qu'un glaçon.

— Tu sais que tu m'as fait une belle frayeur ? demandé-je en caressant sa peau parcheminée.

Il me sourit, comme amusé par mes propos. Son visage est si froissé qu'il semble avoir pris dix ans d'un coup. Même ses cheveux sont davantage grisés qu'avant. Est-ce dû aux effets de l'enquête ou à ceux de sa crise cardiaque ?

— Ma chérie… Marco avait beau me rassurer sur toi, je m'inquiétais de te savoir si loin, perdue dans la campagne.

— Tout va bien, papa. L'endroit où je loge est très confortable. Et puis, ce n'est pas vraiment à toi de t'inquiéter pour moi, non ?

— C'est le rôle d'un père.

— Mais non… arrête de stresser. Tu as failli mourir, pas moi.

— Je suis un battant, fille. Les Harwell ne se laissent pas décimer aussi facilement !

— J'espère bien, rétorqué-je avec un sourire. (Je reporte mon attention sur ma mère) Comment ça va, depuis l'enquête ? Je n'arrête pas de lire des choses sur vous dans les magazines, comme quoi…

— Comme quoi nous étions au bord du divorce, que nous ne supportions pas d'être enfermés ? Non, chérie. C'est faux. Nous sommes sur le point d'obtenir la liberté surveillée, tous nos avocats y travaillent. Nous allons nous en sortir, nous sommes innocents.

— Oui, innocents, grommelle mon père. Paxie, ma chérie, tu veux bien aller me chercher un peu d'eau pétillante au distributeur, s'il te plaît ? Dans cet hôpital, on ne peut même pas avoir un bon verre de vin, ils ne me proposent que de l'eau, et du robinet qui plus est ! Dès que j'aurai retrouvé ma fortune, dès que nous serons libres, je m'attaquerai à faire quelque chose de convenable de cet endroit !

Je file dans le couloir tandis que mon père fait des plans sur la comète par rapport à l'hôpital. Ma mère m'accompagne. À peine avons-nous passé l'angle du couloir qu'elle m'attrape par le bras, m'obligeant ainsi à m'arrêter.

— Il faut que je te dise la vérité, Paxie.

À sa voix comme à son regard trouble, je devine que je ne vais pas apprécier la suite. Je prends mon courage à deux mains pour lui faire signe de poursuivre. Elle tire sur les pans de sa veste Chanel – ce qui doit la changer de sa combinaison orange – et relève le menton, avant de reprendre :

— L'enquête ne prouvera peut-être pas que notre famille est blanche comme neige. J'arrondis le regard, horrifiée. Ma mère poursuit d'une voix neutre :

— Ton père ne le sait pas, mais, durant une période, nous avions des difficultés avec Agency, notre entreprise. C'était il y a vingt-cinq ans, nous venions d'acheter un appartement dans l'Upper East Side et de te faire entrer dans une école prestigieuse. Or, les comptes étaient au plus bas, nos créanciers de plus en plus nombreux. Alors, j'ai pensé à ma famille et j'ai fait ce que je devais faire pour ton père et toi. J'ai investi.

— Investi dans quoi, maman ?

Ma mère baisse les yeux derrière ma question chevrotante.

— J'avais une connaissance qui travaillait avec Hal Ponds. En façade, chef d'entreprise, lui aussi… en réalité revendeur d'armes pour les pays du Moyen-Orient. Alors, je lui ai donné de l'argent, beaucoup d'argent. Et j'en ai récolté les fonds par la suite, sauvant ainsi notre famille de la décrépitude. Je ne l'ai pas encore annoncé à ton père. Je compte le faire quand il ira mieux.

— Mais…

— Je sais, Paxie. Beaucoup de choses dont on nous critique sont fausses. Nous n'avons arnaqué personne, et encore moins cette maudite Maryse. Mais si l'enquête gratte sur ce point, c'est tout notre patrimoine qui tombe, notre famille qui sera exposée aux critiques, notre nom qui sera noirci. Alors, je veux anticiper ça, d'accord ?

De ses fines mains ridées, elle sort de son sac à main une boîte bleue assez épaisse. Elle la dépose entre mes mains.

— C'est pour toi, ma chérie.

J'entrouvre la boîte. Il y a à l'intérieur des dizaines de bijoux, une rivière de diamants, des bracelets en rubis, des boucles d'oreilles en topaze… La bouche entrouverte, j'inspecte ce contenu, estomaquée.

— Maman, couiné-je en refermant la boîte, je croyais que tous nos biens étaient gelés par l'enquête.

— J'ai réussi à sauver ça, rétorque-t-elle. Pour toi. Je veux que tu en fasses quelque chose d'utile. Il y a là-dedans des bijoux pour une valeur d'au moins deux millions de dollars. De quoi te racheter un appartement loin d'ici et de cette enquête, et vivre confortablement. Il faut que tu t'en ailles, Paxie. Loin. Car quand la vérité éclatera…

Ce sera ma famille qui sera sous les feux des projecteurs, décriée par tous. Voilà ce que ma mère ne prononce pas.

— Non, dis-je dans un souffle. Non, je ne peux pas accepter ça, papa et toi, vous en avez besoin.

— On se débrouillera, riposte-t-elle avec colère. Le plus important, c'est toi. Tu dois continuer à vivre normalement, Paxie !

Les larmes aux yeux, je fixe le coffret comme si c'était la boîte de Pandore. Là – dedans, il y a assez de bijoux pour me permettre de retrouver une vie confortable… et d'abandonner mes parents.

— S'il te plaît, insiste ma mère en levant haut le menton. Pour les Harwell. Accepte, Paxie.

Je prends finalement les bijoux, même si c'est à regret. De toute façon, ma mère n'aurait jamais lâché l'affaire. Je la connais assez pour savoir ça.

— Et si on retournait voir papa ? dis-je en clignant des yeux pour chasser mes larmes.

Nous retournons dans la chambre. Papa essaye de nous parler durant quelques minutes, mais l'effort l'épuise. Alors, je laisse ma mère à son chevet et m'échappe de cet endroit oppressant, le cadeau de ma mère dans mon sac à main.

À peine dans la rue, l'envie de retrouver ce passé que j'ai fui me harponne, tenace. Je prends un taxi qui m'emmène face à Central Park, à la maison de mes parents. Mon propre domicile, qui se situe dans l'Upper East Side, n'est rien en comparaison de cet endroit. J'ai tous mes souvenirs ici.

Bien sûr, l'endroit est verrouillé pour les bons soins de l'enquête. Mes parents ont été chassés de chez eux, comme moi. Alors, je reste devant, figée sur le trottoir, ma valise à mes pieds. Le froid, vif, me fait grelotter. Pourtant, je reste là une bonne demi-heure, à regarder ces fenêtres qui dépeignent le vide. Quand tout ça va-t-il s'arrêter ? Et maintenant, que dois-je faire ? Dois-je fuir loin d'ici avec les bijoux ? Ou rester à New York avec mes parents ? Ou… ou retourner voir Warren ?

Warren. Nous ne sommes éloignés que depuis quelques heures, pourtant j'ai l'impression de l'avoir quitté depuis des mois. Son absence pèse sur mon cœur tel un poids en plomb. Je ne pensais pas qu'il me manquerait tant…

Je fais demi-tour, les mains dans mes poches. Et me cogne violemment contre quelqu'un. Un petit cri filtre entre mes lèvres. Celui dans lequel je viens de foncer se masse le menton en me faisant de gros yeux.

— Marco ! m'exclamé-je en frottant mon front douloureux. Mais qu'est-ce que tu fais là ?

— Ta mère m'a dit que tu étais revenue en ville. Je me suis douté que je te trouverais ici. Comment vas-tu, Paxie ?

Un haussement d'épaules. Cette question, j'ai beaucoup de mal à y répondre pour le moment.

— Et toi ? Comment tu gères tout ça ? Tu dois être harcelé par les journalistes, non ?

— Et pas qu'un peu, confirme-t-il avec une grimace. Je te paye un café ?

Je jette un dernier coup d'œil à la maison vide et expire profondément. Rien ne sert de pleurer le passé, il faut relever la tête. Alors, je réponds d'un hochement de tête favorable.

— Volontiers, Marco.

26

Marco et moi nous installons dans l'un des endroits que je préfère à New York : à quelques pas de Central Park, dans un café à la décoration raffinée. Ici, les lampes sont faites dans un métal qui rappelle la délicatesse de la dentelle, les tables sont en bois patiné et les fauteuils en cuir. Les boissons y sont délicieuses. Il n'est pas rare d'y croiser des stars américaines. Dernièrement, j'ai pu boire un café avec Robert Downey Jr, ici. Si Amir le savait…

Marco tire ma chaise pour me permettre de m'asseoir. Mon manager a toujours été comme ça, prévenant, charmeur. Un homme galant qui ne côtoie que la haute société. Je le remercie et commande un chocolat viennois. Il prend un café serré. Une fois le serveur parti, Marco dépose sa main sur la mienne.

— Je me suis tellement inquiété pour toi, ma belle. Le Wyoming, ça doit être l'horreur.

Je reste muette. Lui dire que non, finalement ce n'est pas « l'horreur », ce serait rentrer dans des détails que je n'ai pas envie de partager. Warren, Mike et Amir, Josie, les enfants… toutes ces personnes forment une parenthèse dans ma vie que je suis incapable de partager avec lui. Ils sont mon sourire, à moi et uniquement à moi.

— Comment tu gères tout ça, Marco ? demandé-je. Comment tu arrives à contrôler l'image de papa et maman avec toute cette affaire ?

— Je fais de mon mieux. Et pas uniquement pour eux, Paxie. Pour toi aussi. Tu sais que plus le scandale touche une famille, plus les caméras et les appareils photo ont tendance à se tourner vers eux, n'est-ce pas ? Eh bien, c'est le cas pour toi aussi. Les journalistes s'interrogent sur la « fille de », touchée par ce drame, et veulent faire de toi la nouvelle cible des médias. Je sens mes joues s'échauffer. Les journalistes s'intéressent donc à moi.

— Marco, tu peux les empêcher de me mettre au-devant de la scène, n'est-ce pas ?

À son tour, il reste silencieux, buvant son café à petites gorgées. Les yeux écarquillés, je me penche vers lui par-dessus la table.

— Marco ?

Il repose enfin sa tasse, les gestes crispés. La peur vient s'insinuer en moi, y laissant une empreinte glacée.

— Paxie, cette histoire, c'est du pain bénit pour les journalistes, tu comprends ? Quoi que je dise, quoi que je fasse, ils te trouveront et ne te lâcheront plus. Ils veulent mettre au-devant le drame que vit ta famille, la star des nouveaux potins. Et contre ça, je ne peux rien faire, même si tu te caches au bout du monde.

— Mais…

Que veut-il dire ? Qu'ils vont venir me chercher où que j'aille, même dans le Wyoming ? Qu'ils vont apporter le mal dans le village où habite Warren pour le plaisir de décrier ma famille ?

— J'ai une solution, Paxie, indique-t-il d'une voix sourde.

J'inspire profondément. Ma tête tourne, l'odeur de café

qui flotte dans l'air me donne désormais la nausée. Je demande d'un timbre rauque :

— Et c'est quoi ta solution, Marco ? Que je me cache dans une grotte ? Dans la forêt amazonienne ?

Il secoue la tête et entoure sa tasse de ses deux mains, se concentrant dessus comme si c'était un micro :

— Les devancer.

— Pardon ?

— Je te propose de les devancer, Pax. Offrir une autre vision aux journalistes, montrer le contraire d'une Paxie à bout. Leur prouver que tu n'es pas touchée par cette épreuve.

— Mais comment veux-tu que je fasse ça ? m'écrié-je d'une voix aiguë. Ce sont mes parents, bien sûr que je suis touchée !

— Joue la comédie. Devant tous.

— Comment ça, devant tous ?

Il se penche pour attraper un dossier dans son attaché-case, qu'il pousse vers moi. J'attrape les pages bleues et tourne la première page. Le titre me saute aux yeux : *La véritable vie de Paxie Harwell.*

— Qu'est-ce que ça veut dire ?

— Ça veut dire que tu peux prouver à tous que tu es plus forte que ça, Paxie.

Je lis les premières lignes. C'est un contrat. Entre une société audiovisuelle et moi. Pour…

— Une télé-réalité ?

— Tu peux devenir la nouvelle Kim Kardashian, Paxie. Il faut juste que tu signes ce contrat.

Les mains tremblantes, je repousse mon chocolat viennois au milieu de la table, dégoûtée.

— Tu veux m'empêcher de devenir la cible des

paparazzis en faisant une émission sur moi ? Ce n'est pas un peu contradictoire, Marco ?

— En devançant les journalistes, tu gagnes la partie, Paxie ! Tu montres ce que, toi, tu veux ! Tu prouves que tu n'es pas faible ! Et tu sauves l'image des Harwell ! Si tu montres que ta vie est « normale », que tu ne passes pas ton temps à jouer avec l'argent, que tu n'es pas mauvaise, tu redores le blason des tiens. C'est le moyen de mettre fin à tous tes problèmes, ma belle.

— Je ne… je ne veux pas…

— Réfléchis-y.

Ma tête tourne. Je vais tomber. Ou vomir. Il faut que je sorte, maintenant.

Je quitte le café en courant. Je dois à tout prix fuir le regard éploré de Marco, ce contrat qu'il me demande de passer devant les caméras pour sauver le nom des miens. J'ai toujours détesté être affichée dans la presse, à la merci des mauvaises langues et des rumeurs. Je ne veux pas devenir l'une de ces filles dont la vie dépend des caméras.

— Paxie ! m'interpelle Marco en sortant du café à ma suite.

Les portes chuintent derrière lui en un sifflement qui me laisse penser à la guillotine prête à tomber sur mon cou, celle des journalistes affamés qui veulent voler ma vie. Les larmes aux yeux, je secoue la tête. Marco tire sur le col de son manteau noir, le visage tourmenté.

— Ma puce, réfléchis-y, s'il te plaît.

Pas de réponse. Il insiste en déposant une main sur mon épaule.

— Fais-le, pour ta famille.

Je déglutis, puis tourne le dos à mon manager pour fuir dans les rues de New York, à la recherche d'ombre et d'anonymat. Tout en marchant dans le froid, je sors mon portable et vais chercher le nom de Warren. Quand je suis partie, ce matin, il avait l'air inquiet, presque désespéré. L'idée que je ne revienne pas nous a traversé, lui et moi. Désormais, je sais que je dois y retourner. Que je dois replonger dans ma bulle de sérénité.

Pour la faire éclater.

Je ne peux pas apporter le mal sur Warren. Que ce soit les journalistes qui me poursuivront si je ne fais pas de télé-réalité… ou les caméras qui contrôleront chacun de mes gestes dans le cas contraire.

Je ne peux pas attirer ce mal chez Warren. Alors, je dois l'abandonner. Le fuir.

La vue brouillée par les larmes, je me laisse glisser le long d'un mur, entre deux immeubles. Mon portable dans les mains, je file envoyer un message à Warren :

Paxie : Salut, toi.
Warren : Salut, toi aussi.

Ce matin, il m'a embrassée tendrement avant que je parte. Comme si nous n'allions plus jamais nous voir. Ce baiser me donne encore des frissons, tant il était désespéré.

Paxie : Si nous allions manger quelque part, demain ?

Il met une bonne minute à répondre. Peut-être parce qu'il vient de comprendre que non, je ne l'ai pas abandonné. Pas encore.

Warren : Avec grand plaisir.
Paxie : À demain, alors…
Warren : ❤❤❤

Ce ne sont peut-être que de petits cœurs, mais ils me font tellement de mal que j'ai envie de me mettre en boule à terre et de pleurer tout mon saoul. Lui dire au revoir, c'est retirer une partie de mon cœur. Je n'y suis pas prête. Pourtant, j'y suis bien obligée.

27

La campagne. Le bon air pur. Les tournesols qui dansent sous l'effet du vent. Les animaux qui laissent entendre leur chant.

Pendant un temps, j'ai détesté cet endroit. Désormais, je l'associe au paradis. À l'amitié, au bonheur et même à l'amour. Mais également à mon cœur déjà brisé, par anticipation.

Je ravale ma peine et passe la barrière pour avancer vers la maison. Grace, qui s'amusait avec le chien, se retourne sur mon passage. Elle court vers moi avec un cri de joie. Je la serre dans mes bras, émue.

— Salut, ma chérie.

— Je ne savais pas si tu allais revenir, je l'espérais tant !

— Je suis là, maintenant, dis-je.

Elle passe ses bras autour de ma taille et serre sa tête contre moi. À douze ans, elle m'arrive au niveau du menton. Bientôt, elle me dépassera. Enfin, je suppose, puisque je ne serai plus là pour le voir.

— Papa était tout grognon, tu sais ? Il a travaillé toute la journée en râlant, hier.

Je ris doucement. Elle me tire vers la maison.

— Tu viens ?

— J'arrive, ma puce.

Quand je rentre dans la maison, Warren est installé en cuisine, un tablier noué autour de la taille, une louche à la main. Il sourit en me voyant arriver, d'une façon si sensuelle que j'ai envie de courir me pelotonner contre lui.

— Salut…

— Salut, toi aussi, dis-je tandis que Grace court goûter à la pâte qu'est en train de cuisiner son père. Que fais-tu de bon ?

— Des crêpes, pour les enfants.

— J'adore les crêpes.

— Alors, je rectifie : je fais des crêpes pour les enfants et les adultes, énonce-t-il, pince-sans-rire.

Je m'approche de lui et trempe mon doigt dans la pâte, comme Grace un instant auparavant. Warren lève les yeux au ciel d'un geste faussement désespéré.

— Quelqu'un va-t-il me laisser cuisiner tranquillement, ici ?

Il fait semblant de vouloir attraper sa fille, qui s'écarte en riant. Je m'adosse au comptoir, le sourire aux lèvres… mais le cœur brisé.

La chambre est toujours la même. Lit à la couverture blanche, murs mauves, tapis gris, d'imposants coussins qui appellent à la sieste. Cet endroit qui respire le calme, la tranquillité. Je fais quelques pas dans la pièce, touchant du bout des doigts les meubles, la décoration, les luminaires en papier. Tout ce que je vais abandonner d'ici peu. Puis, j'attrape la boîte de ma mère et l'ouvre pour observer les bijoux qu'elle m'a donnés. La rivière de diamants est sublime. Je me rappelle qu'elle l'avait portée pour mon vingtième anniversaire, et que je lui avais demandé l'autorisation de la mettre à mon cou. Elle avait refusé, ce cadeau me reviendrait « à son décès », comme elle m'avait dit. Ce qui signifie que cette enquête est une petite mort pour maman ?

Je referme brutalement la boîte et m'allonge sur le lit, le nez dans les coussins. Un instant plus tard, quelqu'un frappe à ma porte. On entre et avance jusqu'à mon lit. J'ai reconnu ces petits pas, si légers. Je pivote sur le flanc et fais signe à Grace de venir me rejoindre sur le lit. Ce qu'elle fait en serrant un gros coussin contre elle.

— Tu as l'air triste, remarque-t-elle en posant son menton sur le haut du coussin.

— Je le suis, un peu…

— Pourquoi ?

Je ne peux pas parler à Grace de mes problèmes. Elle n'a pas à se mêler de tout ça, je me dois de la laisser en dehors de mes difficultés. Alors, je hausse brièvement les épaules.

— Ne t'inquiète pas.

— Mon père était triste hier. Il avait peur que tu ne reviennes pas.

Je souris vaguement et passe ma main dans les boucles rousses de la fillette.

— Moi aussi, j'étais triste, tu sais.

— Paxie ?

— Oui ?

— J'ai peut-être douze ans, mais je sais qu'il y a quelque chose qui ne va pas. C'est ta famille ? Liam a dit qu'on en parlait beaucoup en ce moment dans les magazines.

Le cœur froissé par la tristesse, je pousse un profond soupir. Cette gamine est vraiment très ingénieuse. Trop, parfois. Pas besoin de tutos YouTube pour lire en moi, elle n'a qu'à observer mon expression et laisser parler son cœur.

— C'est ma famille, oui. Il y a les journalistes, les enquêteurs, mes parents et moi, au milieu de tout ça. Mais je ne veux pas t'embêter à cause de ça, Grace.

— Tu sais que je suis une oreille attentive, pourtant.

Je ris doucement, touchée.

— Chérie, tu as douze ans. Tu as bien d'autres choses à penser que de t'occuper de moi.

— Mais papa va être triste si tu es triste.

Quelques secondes passent. Grace s'est allongée à côté de moi et joue avec le coin de ma taie d'oreiller. Toujours sur le flanc, je l'observe comme une mère le ferait de son enfant, extrêmement fière d'elle et de sa perspicacité.

— Je te promets que ça ira, Grace.

— D'accord, alors je veux bien te croire, commente-t-elle en tressant les franges de la taie. Je lui souris faiblement. J'espère que je n'ai pas failli à ma promesse et que ce sera vrai.

28

— Tu vas nous quitter ?

Estomaquée, Josie me fait les yeux ronds. Je lui ai expliqué mon problème, mon voyage à New York et ses conséquences. Après toutes ces informations et trois verres de tequila absorbés d'un trait, elle réagit enfin, les paupières frémissantes de colère.

— Tu ne peux pas faire ça ! Il y a deux enfants et un homme qui comptent sur toi ! s'écrie-t-elle tandis que le serveur pose un quatrième verre devant elle.

Les garçons hochent la tête d'un même mouvement. Tous les trois se liguent donc contre ma décision. Celle de dire adieu à Warren et de partir aider ma famille.

— Je ne peux pas abandonner mes parents, Josie, dis-je en fixant son verre, que je suis bien tentée de voler. Ils ont besoin de moi.

— Et tu vas les aider en faisant une télé-réalité ?

— Bah oui…

— Paxie… Tu es si innocente, commente Amir en donnant un coup de coude à Josie.

— Mais non !

— Mais si, ma belle. Si. La télé-réalité n'est pas une solution, crois-moi.

— Crois-moi aussi ! s'écrie Josie en tapant du poing sur la table.

Plusieurs clients se retournent vers notre table. Je me racle la gorge et plonge sur la carte pour me cacher derrière. Si beaucoup vont bientôt me regarder à travers leur écran, j'aimerais que ce ne soit pas maintenant.

— Très bien ! abdiqué-je pour calmer la colère de mon amie. Je vais y réfléchir !

Elle paraît soulagée, même si, toutes deux, nous savons très bien que je mens. Nous poursuivons notre discussion, plus calmement. Amir et Mike me parlent de leur maison, qu'ils viennent d'acheter et qu'ils sont en train de décorer. Josie mentionne Luc, un de ses amis sexagénaires qui lui fait la cour depuis quelques jours…

— Josie ! Un homme charmant te fait la cour et on ne le sait que maintenant ?

— Roooh, on ne va pas en faire toute une histoire, ce n'est pas intéress… oh, bon sang. Il est là !

Nous nous tournons tous les trois vers la porte du restaurant. Un individu en costume cravate entre, l'air intimidé. Il s'avance vers le comptoir sans nous voir et commande une boisson. Josie le fixe comme s'il était un saint, les joues colorées.

— Josie ? C'est ton Luc ?

— Chuuut, il va nous entendre, murmure-t-elle en faisant signe de nous taire.

Mike se met à rire. Puis lève la main pour interpeller l'homme.

— Luc ! Vous venez boire votre café avec nous ?

Josie ne sait plus où donner de la tête. Écarlate, elle ne dit pas un mot durant les dix premières minutes. Puis, animée par notre discussion et les quelques verres qu'elle a pris, elle se lance, en envoyant des coups d'œil langoureux à Luc. Ce dernier lui répond de la même façon. Ils sont trop mignons. Et Josie mérite d'être heureuse…

— Bon, je vais y aller, dis-je en me levant. Je dois rejoindre Warren.

Je lisse ma robe et aplatis mes boucles du plat de la main, puis je salue une dernière fois le petit groupe avant de quitter les lieux. Quelques instants plus tard, je suis à une autre table, dans un restaurant à l'ambiance bien plus tamisée. Mais, celui qui aurait déjà dû se trouver là n'y est pas. Warren est en retard.

Habituellement, c'est moi qui impose le quart d'heure de retard à mes prétendants. À New York, arriver à l'heure à un rendez-vous, c'est prouver que vous en pincez sévèrement pour l'autre et donc que vous êtes faible. C'est ainsi complètement prohibé dans la catégorie des femmes « indépendantes et libres sexuellement ». En temps normal, je serais donc arrivée ici une vingtaine de minutes plus tard, en soupirant face à la circulation et à « ce chauffeur de taxi qui m'a raconté toute sa misérable vie ! ». Mais je ne suis pas en temps « normal », je suis dans un coin perdu du Wyoming, à attendre un homme qui me fait sérieusement craquer, mais que je dois quitter pour son bien comme pour le mien.

Rien, absolument rien n'est normal, ici. Et le retard de Warren, toujours à l'heure, l'est encore moins.

— Madame souhaite commander quelque chose ?

Je fronce les sourcils à l'attention du serveur qui vient de me rappeler ô combien je fais miséreuse, assise face à la bougie rouge qui se consume, devant un verre de vin vide et une corbeille de pain. Il se reprend se raclant la gorge.

— Si madame désire un rafraîchissement en attendant monsieur, bien sûr.

Tout en tapotant ma lèvre du bout du doigt, je jette un œil à la carte. Que fait Warren ?

— Un *Sex on the beach*, s'il vous plaît, demandé-je en rendant la carte au serveur.

Il hésite. Je soupire en réalisant qu'il ne connaît pas ce cocktail célèbre dans la Grande Pomme.

— Un Coca, alors, grommelé-je.

Il opine et me sert ma boisson un instant plus tard. Je la bois lentement, puis jette un œil à mon poignet. Vingt heures. Warren a trente minutes de retard. M'aurait-il posé un lapin ? J'attrape le premier serveur qui passe, nerveuse.

— Excusez-moi, M. Rozel est-il arrivé ?

— Monsieur Rozel ? Ah, non, madame.

— Il n'a pas laissé un message téléphonique pour moi ?

— Non, désolé, madame.

Je le libère, agacée, puis attrape mon téléphone pour envoyer un nouveau message à Warren. Le troisième. Auquel il ne répond pas. J'attends, une minute, dix minutes, trente minutes, une heure… Au bout de cette éternité, je me lève de table d'un bond, à bout de nerfs, trois tequilas dans le sang.

— Très bien, si M. Rozel arrive maintenant, dites-lui que…

Que j'en ai eu marre d'attendre son petit cul ? Qu'on ne fait pas attendre Paxie Harwell sans impunité ? Qu'ils peuvent aller se faire voir, son lapin et lui ?

— … dites-lui que je l'attends à la ferme.

Le serveur opine. Je sors du restaurant, inquiète. Ce n'est vraiment pas le genre de Warren d'être en retard. C'est en partie pour ça que j'ai craqué sur lui. Il est différent des autres. Et mille fois plus humain que tous les types que j'ai rencontrés jusqu'à présent.

Je compose son numéro sur mon portable. La tonalité retentit dans mon téléphone… et la sonnerie dans la rue.

Mon sang se glace. Je cours vers l'endroit d'où provient le son, une petite allée plongée dans l'ombre, sur le côté du restaurant. Avec horreur, j'observe un corps au sol, le portable gît à côté. Je lâche un hurlement horrifié en m'agenouillant à côté de Warren.

Car oui, c'est lui. Allongé face contre terre, inconscient. Warren. Mon Warren.

Je réalise à peine que mon cri a attiré du monde. Que des gens appellent les secours. Que l'on prend le pouls de Warren. Paralysée, je le vois juste pâle comme la mort, le nez en sang, les yeux clos. Éteint.

Comme l'est à présent mon cœur.

29

Je me demande si le Rubik's Cube a été inventé pour torturer quelqu'un. Une façon comme une autre de dire « Toi, tu es tellement nulle que tu n'arriveras jamais, jamais, JAMAIS à terminer ce jeu ». Voilà pourquoi, au bout de quatre heures interminables et deux faces rouge et verte, l'objet vient de voler à travers la pièce, tout juste aux pieds de l'infirmière qui vient d'entrer.

Elle le ramasse, le visage neutre.

— Vous souhaitez peut-être un autre passe-temps ? demande-t-elle en rangeant l'objet de torture dans sa poche. Nous avons des magazines, des livres, des…

— Je veux juste qu'il se réveille.

Car oui, je suis au chevet de Warren. Et non, il n'a toujours pas ouvert les yeux. Mais, c'est normal, d'après les infirmières, en raison des traitements qu'on lui a perfusés et qui l'ont plongé dans un profond sommeil.

Warren est donc ma belle au bois dormant, à qui je ne peux pas faire de baiser puisque je ne me suis pas lavé les dents après les trois cafés infâmes que je viens de boire.

— Ne vous inquiétez pas, madame Rozel. Tout va bien aller, il n'a que quelques contusions, il s'en sortira bien. Soyez juste patiente, il faut lui laisser le temps de récupérer.

Alors oui, elle m'a appelée « madame Rozel ». C'était la seule solution pour que je puisse rester à son chevet, les personnes n'étant pas de sa famille n'étant pas autorisées à rester. Et puis, ça ne me déplaît pas de jouer la femme de Warren. C'est un rôle plutôt agréable.

Je repousse délicatement quelques mèches de son front. L'infirmière nous sourit puis retourne vaquer à ses occupations, nous laissant seuls dans la chambre. Je caresse du doigt la joue râpeuse de mon *love interest*, le cœur en vrac.

— Il faut que je t'avoue quelque chose, dis-je en avançant mon siège plus près du lit. Quelque chose sur moi…

Ses yeux sont obstinément fermés. Une invitation à lui avouer ce que je n'ai pas encore prononcé, ce que je lui cache depuis le début et qui nous séparera :

— Je ne m'appelle pas Paxie Higgins, mais Paxie Harwell. Eh oui, je t'ai menti. Parce que je ne voulais pas que l'on me reconnaisse, même si, au final, tu es le seul désormais à ne pas connaître ma vraie identité. Tes enfants ont compris qui j'étais tout de suite, Mike et Amir aussi. Josie l'a su au bout de très peu de temps.

Je prends une gorgée d'eau, la bouche sèche.

— Mes parents ont fait fortune il y a des années, et sont même millionnaires… enfin, jusqu'à présent. Parce qu'ils font l'objet d'une enquête qui va probablement les envoyer tout droit en prison. Et moi, je fuis tout ça, enfin, j'ai fui, jusqu'à présent.

Mes mains tremblent, je les cache sous mes cuisses.

— Je ne m'attendais pas à tomber amoureuse de toi. Ni de cet endroit. De ta ferme. De ta famille. J'aime tout, ici. Mais je dois tout abandonner. Pour sauver le nom de ma famille. Si je suis là, aujourd'hui, c'est pour te dire au revoir, Warren. Je dois retourner à New York et jouer à la

« fille de » pour sauver ma famille. Finalement, c'est une bonne nouvelle que tu dormes, au moins, je pourrai te dire au revoir plus facilement…

Je me lève, les larmes roulant sur mes joues. Et suis arrêtée par une main sur mon poignet. Troublée, je pivote vers Warren qui, le sourire aux lèvres, me regarde par-dessous ses paupières mi-closes.

— Harwell.

Je me rassieds sous le regard lourd qu'il me tend.

— Rozel, rétorqué-je du même ton.

— Je le savais.

— Quoi ?

— Je connaissais ta véritable identité, ma fille me l'avait dit.

Grace ? Oh, la petite filoute, moi qui pensais qu'elle avait gardé le secret ! Depuis le début, il sait ce que je redoutais de lui avouer. Et il m'a quand même embrassée, il m'a quand même avoué son amour.

— Mais alors, tu…

— Oui, je m'en moque. Et je ne veux pas que tu partes. On peut affronter les problèmes ensemble, Paxie Harwell.

— Les mêmes problèmes qui t'ont cloué dans ce lit d'hôpital ?

Il cille, la bouche pincée. Je me rassieds près de lui, troublée. Il savait. Il savait !

— À toi de te confesser, ordonné-je en appuyant de mon index sur son torse.

— Je gagne quelque chose ?

— Un Rubik's Cube.

— C'est pas vraiment le cadeau que j'espérais.

— Il faudra faire avec, John.

— Je ne m'appelle pas John.

— Je sais, mais je trouvais que ça faisait vraiment bien, répliqué-je, le regard embué et le sourire aux lèvres.

Il rit doucement, mais son amusement se tarit vite quand il pose la main sur le pansement au niveau de son front.

— Ils m'ont piégé avant que j'entre dans le restaurant. Ils étaient quatre contre moi, je n'ai pas pu faire grand-chose.

— Ils ? Qui, *ils* ?

Warren hésite, le métal de ses prunelles brillant comme de l'argent fondu. Il expire profondément. Sur l'électrocardiogramme, son palpitant s'emballe.

— J'ai fait une connerie, Paxie. Moi aussi, j'ai voulu sauver ma famille, l'an dernier. Nous étions déjà couverts de dettes. Je ne voulais pas que mes enfants souffrent de cette situation, alors, j'ai… j'ai emprunté de l'argent.

— Emprunté ? Emprunté à qui ?

— À des personnes qui ne regardent pas ton taux d'endettement, explique-t-il d'un ton sourd. Je.. j'ai merdé, Paxie. Et maintenant, ils veulent que je leur rembourse cinquante mille dollars, somme que je n'ai pas. Ils m'ont laissé un mois. Et mon état… c'est un aperçu de ce que je serai si je ne leur donne pas ce fric.

Il secoue la tête, ses gestes soudain vidés de toute force.

— Je vais revendre la ferme. Je n'ai plus le choix.

Je repense à ce que j'ai dans mon sac. À la rivière de diamants. Je secoue fermement la tête.

— Je peux t'aider.

— Non. Pas question que tu me fasses la charité, Paxie. Je me suis débrouillé seul jusqu'à présent et je vais continuer.

— Warren, pense à tes enfants… dis-je, suppliante.

— Je ne fais que ça. C'est pour ça que je vais revendre la ferme et m'installer en ville pour me trouver un boulot qui me permettra de les nourrir et les loger, et par la suite de leur payer leurs études…

— Tu ne trouveras pas cinquante mille dollars en un mois, Warren.

— Je vais me débrouiller.

Je tape du pied, contrariée. Il ne veut pas de mon aide, mais, moi, je ne veux pas le laisser dans cet état. J'ai l'impression d'être inutile, tout autant que je le suis pour mes parents.

— Tu m'as dit qu'on pouvait affronter nos problèmes ensemble, non ? grommelé-je d'une voix sourde.

— Oui, ensemble. Mais sans ton argent.

Je détourne le regard pour lui cacher l'agacement qui monte. Il a raison, je le sais très bien. Lui donner une part de mon argent ne serait que faire preuve de charité à un homme qui n'en a pas envie. Mais alors, comment faire ?

— On trouvera une solution, insiste-t-il. Tu peux m'embrasser, maintenant ?

Sa demande est si inopinée que j'en tressaille, mais je me reprends aussitôt en souriant bêtement. Je me penche sur lui, tremblante. Et s'il avait raison ? Si on pouvait trouver une solution ? J'attrape délicatement ses lèvres, puis me repose contre son cœur.

30

Le lendemain, je suis seule à la ferme. Warren revient dans la matinée. Il m'a laissé les clés pour que je puisse revenir dormir malgré son absence. J'ai donc eu tout le temps de réfléchir, en me tournant et retournant dans mon lit. À la fois pour trouver une solution à ma situation, mais aussi à la sienne. Malheureusement, aucune idée miracle n'est venue. C'est donc désespérée que j'accueille Josie le lendemain. Mon amie a enfilé un collant de course noir parsemé de paillettes roses et violettes et un coupe-vent rose fuchsia. Elle entre dans la maison en trottinant, les joues colorées par le froid.

— Salut, ma chérie ! s'écrie-t-elle en me contournant. Tu as pris le rôle de maîtresse de maison ?

— Seulement pour la matinée, Josie, t'emballe pas…

— Je ne m'emballe pas, loin de là ! Oooh, on peut goûter aux liqueurs de ce cher M. Rozel, tu crois ?

— Josie !

— Bon, ça va, je plaisante !

Elle tire une chaise et s'installe à table. Je me place en face d'elle. Josie tire alors de sa poche un paquet de cartes à la couleur rose vif.

— Je vais te tirer les cartes ! m'annonce-t-elle en déposant l'une d'elles sur la table. Comme ça, tu pourras avoir des idées pour ton Warren et toi.

— Attends… tu sais faire ça ?

— J'ai regardé un tutoriel YouTube.

Je lève les yeux au ciel. Mais Josie est lancée. Elle me demande de choisir une carte, ce que je fais. Quand elle dépose le jeu sur la table, j'éclate de rire.

— Josie ! Ce ne sont pas des cartes de tarot ! On ne peut pas tirer les cartes avec un jeu basique !

Je m'étouffe de rire, les larmes aux yeux. Josie se rend compte de sa bêtise et vient me rejoindre en riant à son tour à gorge déployée. Au bout d'un moment, nous nous calmons enfin et reprenons, plus posément :

— Bon, alors si on ne lit pas mon avenir avec le tarot pour m'aider, comment fait-on ? Tu as une idée, Josie ?

— Moi non, mais Google doit pouvoir nous donner quelques indices !

Elle sort son portable à la coque jaune canari. Elle pianote aussi vite que certains adolescents, je vois à peine ses doigts voler au-dessus des touches.

Je lis par-dessus son épaule :

COMMENT GAGNER BEAUCOUP
D'ARGENT EN PEU DE TEMPS.

— Et tu crois que Google va pouvoir nous répondre ?

— Bien sûr ! Il y a une solution pour tout, et ce site va bien nous dire laquelle c'est !

Moi, je sais quelle est la solution : me permettre de vendre mes bijoux pour aider l'homme qui fait battre mon cœur. Mais, visiblement, je suis la seule à penser que sacrifier l'argent de ma mère peut aider Warren.

— Lire des emails rémunérés, commente Josie. Ça pourrait aider Warren, non ?

— Oui, s'il a cinquante ans devant lui… dis-je en lisant l'article. La personne qui a écrit ce truc n'a pas la même conception de « rapidement », à priori.

— Jouer au poker en ligne ?

— Jouer, c'est mal.

— Tu as raison. Louer son logement ?

— Il le fait déjà…

— Ah, oui.

Nous survolons le reste de l'article, qui donne des idées du même acabit. Rien de révolutionnaire, rien qui permettrait à Warren de gagner une somme énorme en peu de temps malgré nos recherches. Nous levons notre nez de l'écran au bout d'une heure, abattues.

— Bon, finalement, Google ne va pas nous aider. On va devoir réfléchir avec notre propre tête. Sur la façon d'aider Warren… et aussi sur celle d'aider ta famille.

— Ouais…

Je m'effondre sur mon fauteuil préféré. Pendant une heure, j'ai frôlé l'espoir. Mais il est déjà reparti, me laissant vide, désemparée. Josie regarde son téléphone qui vient de vibrer. Son visage s'éclaire soudain, elle passe la main dans ses cheveux pour se recoiffer.

— Luc vient de m'envoyer un message. Il m'invite à déjeuner. Ça te dérange si…

— Non, Josie ! File !

Je lui donne une accolade et la regarde passer le pas de la porte. Elle est toute contente. Moi, je suis… désemparée. J'envie Josie pour cette insouciance qu'elle affiche. Je me mets à faire les cent pas dans le salon, fébrile.

Ma mère va probablement aller en prison pour fraude. Mon père aussi, peut-être. Mon copain risque de se faire passer à tabac s'il ne trouve pas cinquante mille dollars. Et, moi, je suis censée sauver le nom de ma famille tout autant que la vie de celui qui me fait craquer. Je fais quoi, avec tout ça ? Moi, Paxie Higg…

Je m'immobilise. Mais oui. C'est ça mon problème. Depuis hier, je réfléchis en tant que Paxie Higgins.

Mais ce qu'il faut que je me demande à présent, c'est : que ferait Paxie Harwell ? Je ne peux pas être les deux. Je ne peux pas agir comme une Higgins si je veux sauver les Harwell, et inversement. Il faut que j'agisse. Que je retrouve ma véritable peau, en tirant un trait sur celle que j'ai créée ici, même si ça me brise le cœur. Car Paxie Harwell n'est attachée à personne et c'est ce qui fait sa force. Pour le bien de tous, il me reste à faire comme elle.

31

Debout à sa porte, sous la pluie battante, j'attends que quelqu'un daigne m'ouvrir. Ce que l'on fait au bout d'une interminable minute. C'est un Logan essoufflé qui m'accueille, encore en sueur, torse nu et en jogging de marque. Je lève un sourcil face à son sourire enjôleur. Je comprends mieux pourquoi il a mis autant de temps à m'ouvrir : il se préparait pour que je craque sur son incroyable musculature.

Mauvaise nouvelle pour lui, c'est raté. Et je ne suis pas du tout d'humeur à faire semblant de le trouver attirant, malgré ce que je viens lui demander. Alors, je le contourne, la tête haute, et indique tout en refermant mon parapluie :

— J'ai besoin d'un logement pour ce soir.

— Bonjour à toi aussi, eh oui, bien sûr, Pax. Tu peux dormir ici !

Il a l'air beaucoup trop content de sa repartie, comme de ma visite. Je m'en veux de lui demander ça, mais je n'ai pas trop le choix pour l'instant. Demain, j'irai échanger le reste de mes bijoux afin d'avoir des liquidités. Demain, j'irai dire au revoir à ma vie « normale ». Déjà, j'ai dit adieu à celle qui m'a donné tant de bonheur, Paxie

Higgins. Demain, je deviendrai une véritable « fille de », à travers les écrans de tous.

C'était la solution. C'est comme ça que Paxie Harwell aurait agi. Par l'intermédiaire de mon notaire, j'ai fait le don de ma rivière de diamants à Warren, ce qui lui permettra de rembourser ses dettes. Il ne le sait peut-être même pas encore. Je ne lui ai pas dit, son banquier s'en chargera. Je suis donc partie sans lui dire au revoir, sans rompre. Sans devoir m'expliquer. Comme l'ancienne Paxie l'aurait fait. S'il m'en veut pour cet argent, tant pis. Il lui permettra de garder la vie qu'il mérite et c'est tout ce qui compte.

Quant à moi, je suis ici pour sauver le nom de ma famille. Demain, je vais signer le contrat qui lancera ma télé-réalité. Je vais dire adieu à ma tranquillité pour devenir la future Kim Kardashian ou Paris Hilton. Je vais tout faire pour redorer le blason de ma famille, en étant la plus honnête possible devant tout un chacun.

Ce retour à la vie réelle est comme une claque en pleine tête. J'ai envie de pleurer et de hurler en même temps, la tête constamment cramoisie. J'ai fait un choix. Même s'il est mauvais, je dois l'assumer.

Logan me tire de mes pensées en tendant la main vers moi. J'ôte mon manteau et lui donne le vêtement, qu'il pend à une patère. Il me fait ensuite signe de le suivre en direction de la cuisine.

— Alors comme ça, tu es de retour dans la ville qui ne dort jamais…

Je ne réponds pas, frigorifiée de l'intérieur comme si on avait remplacé mon sang par du glaçon. Seule ma tête brûle, par un entier contraste.

— Je n'ai pas envie d'en parler, dis-je dans un souffle, sous son regard appuyé.

— Café ?

— Thé, s'il te plaît.

Il sort une énorme boîte en bois de son placard et la pose devant moi. À l'intérieur, toutes sortes de dosettes, qu'il survole du doigt.

— Hibiscus ? Fleur d'oranger ? Menthe ?

— N'importe.

Il prend une dosette au citron et lance l'appareil. Je m'installe sur un tabouret et pose mes coudes sur la table, le menton dans ma paume droite.

— Qu'est-ce qui se passe, Paxie ? me demande-t-il en s'installant à son tour à table. Pourquoi cet air de chien battu ?

— Je n'ai pas un air de chien battu.

— Oh que si.

Il me tend la tasse. Je pose mes mains autour, cherchant un peu de chaleur dans la porcelaine. L'effluve citronné s'étire dans la cuisine. Logan attend que je me lance. Je me perds un instant dans ses yeux, le cœur en vrac. Pendant un moment, j'ai eu peur d'être en plein triangle amoureux avec lui et Warren. Maintenant, je réalise qu'il n'y a jamais eu de « nous trois ». Parce qu'il n'y a et qu'il n'y aura jamais dans le regard de Logan cette chaleur et cette passion qui brillent dans celui de Warren.

— Demain, je vais signer un contrat pour une télé-réalité.

Il forme un « o » avec sa bouche, l'air totalement ahuri.

— Toi, Paxie ? Pourquoi ?

— Pour montrer que ma famille est comme les autres, que nous ne sommes pas des voleurs ou des truands.

— Et tu es obligée d'en passer par là ?

— Je crois, oui.

Il passe la main sur sa joue imberbe. Je me souviens de la sensation râpeuse des joues de Warren, quand je les frôlais du bout des doigts après nos baisers.

— De toute façon, plus rien ne me retient. Je pense que Warren ne voudra plus jamais me parler, et je n'ai rien d'autre ici.

J'ai envie de pleurer. Déverser mes larmes jusqu'à ce que je n'aie plus une goutte en moi. Mais je ne peux pas, je dois rester forte et assumer mon choix.

— Tu m'as, moi, rétorque-t-il d'une voix chaude.

— Logan. Entre toi et moi, il n'y aura plus jamais rien.

— Tu sais que toute télé-réalité a besoin d'une histoire d'amour, pourtant…

— Je ne suis pas intéressée par une histoire entre nous deux.

— Et par une petite nuit entre nous deux ? Paxie, ça fait si longtemps…

Ahurie, j'arrondis les yeux. Il me fait son regard de braise, celui qu'il m'envoyait lorsque nous étions encore *sex friends*. Il s'imagine quoi ? Que je vais courir dans ses bras pour oublier que demain ma vie sera terminée ?

— Je n'ai pas envie de toi ! hurlé-je en bondissant sur mes pieds. C'est donc tout ce qui t'intéresse ! Que l'on couche ensemble !

Je cours vers l'entrée et attrape mon manteau au vol, brisée. C'est comme si des milliers de morceaux de verre se trouvaient à la place de mon cœur, qu'ils cisaillaient mon être en ne laissant que le goût amer du rien. Warren me manque déjà. Je ne le verrai plus jamais. Je suis revenue dans le monde d'avant, celui où l'amitié et l'amour n'existent pas.

Logan crie mon nom en courant derrière moi.

— Paxie ! Mais attends, enfin ! Qu'est-ce qu'il te prend ?

— Ce qu'il me prend ? Logan, je viens chercher un toit ici et tu m'offres quoi ? Une nuit de sexe !

Je frotte mes yeux, empêchant ainsi mes larmes de s'échapper. Je ne veux pas laisser filtrer ma faiblesse. Car, sinon, j'ai peur de ne plus pouvoir m'arrêter de pleurer.

— Tu n'es… tu n'es vraiment qu'un homme intéressé, tu n'en as rien à faire de moi.

— Mais c'est faux !

— Non, c'est vrai, je refusais juste de le voir. Alors, à partir d'aujourd'hui, on s'oublie ! Toi et moi, c'est totalement fini.

— Paxie…

Je lui claque la porte au nez et dévale les escaliers, furieuse. Il ne cherche pas à me rattraper. Une nuit de sexe ne vaut pas de courir et manquer dévaler les marches, visiblement. Une fois dans la rue, je regarde à gauche et à droite sans savoir où aller.

Et l'idée me vient d'elle-même. Il me faut une bonne heure pour rejoindre cette ancienne écurie dans l'Upper East Side, une heure pour poser la main sur mon passé. Mon chez-moi, encore sous scellé.

Je pousse le portail et contourne la maison, de façon à arriver au niveau de ma buanderie. Ici, la fenêtre ferme très mal, je le sais. Je n'ai qu'à la pousser vers le haut pour rentrer à la maison.

L'endroit sent la lavande, comme d'habitude. Un soulagement énorme s'abat sur moi quand je pousse la porte et entre dans la cuisine. Ma cuisine. Je frôle le plan de travail du bout des doigts, touchée. Cet endroit m'appartiendra-t-il encore longtemps ?

Je monte les escaliers quatre à quatre et arrive dans ma chambre. Le canapé matelassé est là, mon lit recouvert de coussins aussi. Je tire les draps et me plonge dessous avec un soupir de fatigue. Chez moi. Je suis chez moi.

32

J'ai récupéré de quoi m'habiller, dans mon armoire. En Versace et après avoir passé une nuit dans ma maison new-yorkaise, je me sens de nouveau Harwell, prête à sauver le nom de ma nouvelle famille. Forte et sans âme.

J'appelle un taxi et lui donne l'adresse de l'immeuble où je dois signer mon contrat. Un centre de production qui crée des émissions sur toutes les grandes familles aisées, ou encore des shows tels que *Real Housewives*.

À l'accueil, la secrétaire me dirige illico vers le bureau du producteur concerné, au dernier étage de la tour. En me glissant dans l'ascenseur, je comprends que je vis mes derniers instants de personne « normale ». Demain ou d'ici peu, je serai le centre de l'attention.

Forte. Sans âme.

Les portes coulissent. Je m'appuie contre la paroi métallique, à l'instant où une main se glisse entre les battants pour empêcher l'ascenseur de se refermer. Et… et… et…

Et Warren entre dans l'ascenseur. Le regard fiévreux, les vêtements débraillés, la barbe broussailleuse. Beau comme un diable. Il ne dit pas un mot, s'approche de moi de sa démarche féline. De son index, il relève mon menton, ses lèvres se posent sur les miennes…

Et alors, je sors de mon rêve éveillé. Je suis bel et bien seule dans cet ascenseur, en route vers une véritable folie destinée à sauver ma famille. Je ne reverrai plus jamais Warren. Tout ça, c'est terminé. J'ai envie de vomir.

Les portes de l'ascenseur s'ouvrent sur le dernier étage. Mon cœur tambourine jusque dans mes oreilles. Mes pieds sont collés au sol. Forte. Sans âme.

Une télé-réalité.

Je viens signer une télé-réalité. Vraiment ?

La secrétaire, assise derrière son beau bureau blanc en forme de virgule me regarde en penchant la tête, interrogatrice. Je lis les questions dans son regard perçant : que fait cette femme à me fixer avec cet air de déterrée ? Pourquoi elle ne bouge pas ? Qu'est-ce qu'elle veut ?

Ce que je veux ? C'est partir d'ici. Faible. Humaine.

Je recule jusqu'à ce que la paroi de l'ascenseur soit tout contre mon dos. Les portes coulissent à nouveau devant moi, me cachant de la jeune blonde qui avançait dans ma direction. J'appuie sur le « zéro » comme si ma vie en dépendait. La cabine se met en branle.

Et je respire à nouveau.

Faible.

Humaine.

C'est la meilleure solution, celle que j'aurais dû prendre depuis longtemps : la télé-réalité ne servira pas à aider ma famille, bien au contraire. Marco a tort. Il ne pense qu'à lui et à l'argent qu'il gagnera si je fais cette émission. L'évidence m'a frappée alors que j'allais donner mon âme au diable. J'ai été stupide de ne pas le comprendre avant.

Arrivée en bas, je m'échappe de l'immeuble en courant, déboulant dans la rue, essoufflée. Puis, je prends le premier taxi, direction l'hôpital.

Oui. Humaine.

33

— Paxie ! Chérie, il est temps d'y aller !

— Une minute !

Je termine d'enfiler ma robe Versace et donne un dernier coup d'œil dans le miroir. Mon chignon tient parfaitement, pas un cheveu ne dépasse. Mon décolleté est élégamment mis en valeur par le collier de perles prêté par le magasin de Tiffany de la cinquième avenue, mon maquillage est naturel et délicat, comme je le souhaitais. Puis, je file vers le podium, où m'attendent ma nouvelle manager ainsi que la responsable de la fondation. Devant nous, une mer de personnes de tous âges et de toutes situations qui attendent que l'organisatrice de la soirée – moi – prenne la parole.

— Mesdames, messieurs, je vous souhaite la bienvenue au bal annuel de la fondation « Humanité ». Si vous êtes ici, c'est que vous êtes touchés comme je le suis par les situations que l'on peut rencontrer dans les quatre coins du monde, que ce soit au niveau de l'eau, de la nourriture ou du manque de soins que subissent certaines personnes. Notre fondation a pour but d'aider tout un chacun à travers des dons, mais aussi des galas et des bals de charité où se mêlent et se rencontrent des personnes de tous environs : électriciens, infirmières, docteurs, stars de télévision, journalistes, secrétaires, mères au foyer et bien d'autres métiers honorables. Ici, tout le monde peut profiter du luxe, tout le monde peut aider les autres.

Quelques applaudissements suivent ma tirade. Ce fut ma solution : faire ce que j'aimais en changeant ma façon d'agir. Si je continue à profiter de galas et de bals de charité, cette fois, c'est moi qui les organise. Et tout le monde y est invité, tant qu'une somme symbolique de cinq dollars est versée comme aide humanitaire. Mes soirées ont un tel succès que nous en avons organisé sur plus de quatre ans. Tout le monde y participe, que ce soient des stars de cinéma ou des ouvriers. Chacun peut côtoyer l'autre, peu importe le monde d'où il vient.

Je poursuis mon discours puis descends de scène pour attraper le bras que me tend mon père. Sa crise cardiaque est un lointain souvenir. C'était il y a six mois. Désormais, il a repris du poil de la bête, même si ma mère est encore en prison. Elle en sortira dans quatre mois, pour être en liberté conditionnelle. En attendant, nous allons la voir toutes les semaines.

— Je suis fier de toi, ma fille, me dit-il en tapotant la main que j'ai posée sur son bras. Cette soirée est incroyable.

— Merci, papa.

Nous saluons toutes les personnes qui nous interpellent. Beaucoup me remercient de permettre à tous de se rencontrer. Je leur réponds toujours la même chose : tout le monde peut apprendre quelque chose d'autrui, qu'il vienne de n'importe quel monde. Warren, Amir et Mike ou Josie me l'auront appris. D'ailleurs, mes amis ont été mes piliers pour créer cette fondation. Je n'ai cessé de les retrouver pour en discuter, jusqu'à ce qu'elle naisse. Exception faite de Warren, dont je n'ai plus de nouvelles.

La page est tournée sur Paxie Higgins, mais Paxie Harwell a gagné en humanité. Six mois après la déchéance, c'est grâce à elle que cette merveille existe.

Je fends la foule au bras de mon père et file retrouver Josie, qui m'attend au bar, un verre de champagne à la main. Luc est à son côté. Il a les joues rosies et les lunettes un peu de travers. L'effet du stress, probablement. Lui qui côtoie habituellement toujours les champs et les espaces vides a peu l'habitude d'être entouré d'autant de monde.

Malgré mon départ pour New York, malgré ma fuite, Josie ne m'a jamais abandonnée. Elle vient me voir au moins une fois par mois depuis que j'ai quitté le Wyoming et m'aide à monter chacun des galas ou des bals. En échange, elle en profite pour rencontrer ses stars préférées, fière de sa carte VIP Gold. Sa rencontre avec Oprah Winfrey fut d'ailleurs sacrément épique, surtout quand Josie a renversé son jus d'orange sur la star par mégarde !

Quant aux garçons, je les vois encore quelque peu, même si la naissance prochaine de leur premier enfant par mère porteuse leur prend beaucoup de temps. Amir a commandé tout un tas de jouets qu'il veut tester avant de les donner au bébé, pour éviter que certains le « traumatisent ». Quant à Mike, il a déjà créé une page Facebook pour sa fille, qu'il partage avec tous ses amis. Pour le moment, il y a dessus des photos des papas, de la chambre et des multiples jouets achetés par le couple.

Mon père se met à discuter avec Luc. Ces deux-là sont rapidement devenus de bons amis malgré leurs différences. J'en profite pour filer en douce avec mon amie. Nous nous faufilons dans un recoin marqué du panneau « privé » et fermé à clé. Les coulisses où nous attend un bon canapé pour reposer nos pieds chaussés de talons.

— Alors, lui demandé-je une fois à l'abri des oreilles indiscrètes, comment va-t-il ?

— Il n'arrête pas de me parler de toi.

— Vraiment ?

— Oui, Paxie, vraiment ! Il ne t'oublie pas, même au bout de six mois.

Je n'ai jamais osé appeler Warren pour lui donner des explications sur ma fuite, ou encore pour évoquer le don que je lui ai fait. Lui comme moi jouons à l'autruche. Mais, à chaque fois que je vois Josie, je lui demande des nouvelles. Mon amie aime aller rendre visite à Warren, voire prendre une nuit dans son gîte pour une petite soirée romantique avec Luc. Ainsi, je peux savoir ce que devient celui qui m'a tant fait changer.

— Et il te dit quoi sur moi ?

— En fait, pas grand-chose. Mais il a évoqué le fait de faire un voyage.

Je me replie sur moi comme une huître. Chaque fois, j'espère qu'elle me dira autre chose, comme le fait que je lui manque tant qu'il est sur le point de venir me rejoindre. Mais jamais mon amie ne prononce les paroles tant attendues.

— Un voyage ? Avec qui ?

L'idée qu'il puisse partir en voyage romantique avec une pétasse aux longues jambes me met hors de moi. Je serre les poings et les dents tandis que Josie balaye l'air de sa main.

— Oh ça, ma chérie, je n'en sais rien ! Tu ne serais pas jalouse, par hasard ?

— Jalouse ? m'écrié-je d'une voix aiguë. Non, je ne suis pas jalouse ! Je ne vois pas pourquoi je serais jalouse. Je ne suis pas le genre de fille qui est jalouse.

— Pourtant, tu n'arrêtes pas de répéter ce mot.

— Non, c'est faux.

Elle rit doucement et me tapote la main.

— En tout cas, il y a beaucoup de magazines sur la table du salon. Il dit que c'est pour les invités, mais je pense que c'est davantage pour les photos sur lesquelles tu apparais…

Je cille. Est-ce vrai ? Depuis que j'organise des soirées, je suis davantage dans les magazines people. Mais non en tant que star, plutôt comme celle qui crée les soirées les plus incroyables de la ville. Dans tous les cas, il ne m'a jamais rappelée. Nous deux, ce n'est plus que du passé. Et je dois me faire une raison.

Peut-être me trouver un nouveau *sex friend*…

— Bon, et si on y retournait ? demandé-je brusquement.

Je n'attends pas sa réponse pour retourner dans la foule. À peine y entrons-nous que quelqu'un tapote sur le micro pour attirer l'attention de tous. Pourtant, je n'ai pas prévu d'autre discours ce soir… Je saute sur place pour tenter de voir la scène, mais les gens devant moi me bloquent la vue. Alors, je joue des coudes pour essayer de me faufiler devant, inquiète. Et si une personne cherchait à faire du grabuge en volant le micro ? Non ! Non, pas pendant l'une de mes soirées !

— Paxie ? S'il vous plaît, je voudrais parler à Paxie.

Je me pétrifie. Cette petite voix, pleine d'angoisse et d'espoir à la fois. Je la connais ! Grace ! Mais… comment peut-elle être là ? Comment la fille de Warren Rozel se retrouve-t-elle ici, à des centaines de kilomètres de chez elle, six mois après ma « rupture » avec son père ?

— Paxie ? C'est moi, Grace.

Je sens les couleurs quitter mon visage. C'est bien elle. Elle insiste en m'appelant d'une toute petite voix. Toutes les conversations ou presque se sont tues, tout le monde est focalisé sur cette gamine de douze ans, seule sur scène, le regard arrondi et les mains crispées sur le micro. Je joue des coudes pour la rejoindre au plus vite. Déjà, deux vigiles se sont avancés auprès d'elle et lui parlent à voix basse pour la pousser à descendre avec eux. Heureusement, ils restent calmes avec elle, leurs gestes sont prévenants et doux. Ils ont de la chance, car s'ils avaient été violents, c'est la porte qu'ils prenaient dès ce soir.

Grace est en bas des escaliers quand j'arrive auprès d'elle. Dès qu'elle me voit, elle bondit dans mes bras. Je dépose ma joue contre ses cheveux, le cœur battant à toute vitesse. Son petit corps tremble tout contre moi. Son odeur délicate de vanille ravive une foule de souvenirs. La première fois qu'elle m'a maquillée, qu'elle m'a permis d'être Paxie Higgins. Sa gentillesse et son amitié dès mon arrivée au gîte. Cette complicité avec elle, ces sentiments proches de ceux d'une mère pour son enfant. Grace. C'est fou ce qu'elle a pu me manquer.

— Grace ? Qu'est-ce que tu fais ici, ma puce ? demandé-je en lui tenant la main pour l'attirer à l'écart de la foule.

— Je te cherchais.

— Mais… tu as fait la route toute seule jusqu'ici ?

— Non. Papa est là, en ville. J'ai juste pris un taxi pour venir te voir. L'adresse de la soirée était dans *New-Zork*, ils ont fait un article de trois pages sur toi ! Tu es célèbre, Paxie, tout le monde parle de toi, partout ! Et en bien !

— Mais… Grace, tu ne te rends pas compte du danger que tu as encouru ! m'écrié-je d'une voix brisée par la stupeur. Ton père doit être fou d'inquiétude. Ça aurait pu être dangereux de venir ici ! Pourquoi tu n'es pas restée avec lui ?

« Et pourquoi est-il en ville, lui qui aime tant sa campagne ? » ai-je envie de demander. Mais ce n'est vraiment pas le moment. Grace hausse ses petites épaules et attrape mes deux mains.

— À ton avis, Paxie ? Je voulais que, papa et toi, vous reformiez un couple. Alors, je suis venue jusqu'ici après avoir laissé l'adresse à papa sur le frigo de notre suite. D'ailleurs, il ne devrait plus tarder, je pense !

Et elle affiche son sourire le plus innocent, laissant à mon estomac le temps de se retourner comme si nous étions dans un ascenseur en pleine chute. Warren. Warren arrive.

34

Je n'ai pas le choix, il faut que j'envoie un message à Warren pour lui dire que sa fille est bien ici. J'attrape mon smartphone en tremblant :

Paxie : Salut. Ta fille est avec moi. Pas de panique, elle va bien. Tu peux nous rejoindre.

Je lui donne l'adresse et attends une réponse, qui ne tarde pas. Moins d'une minute plus tard, mon portable vibre :

Warren : J'arrive.

Court et efficace. Je range mon téléphone et m'assieds sur le canapé de ma « loge », au côté de l'adolescente et de Josie. Mon amie s'occupe de feuilleter les pages d'un magazine, le *New-Zork*. Tout en lisant par-dessus son épaule, Grace pousse des « oh » et des « ah » à chaque fois qu'elle voit l'une de ses stars préférées sur le papier glacé.

— Paxie ! Tu es une vraie star ! s'écrie la jeune fille en voyant mon visage sur un article évoquant mes dernières soirées.

— Juste une entrepreneuse, dis-je.

— Qui fait don des trois quarts de ses revenus aux associations caritatives, ajoute malicieusement Josie avant de taper dans la main de l'adolescente. Ce que tu fais est incroyable, Paxie, ne le minimise pas.

Je laisse Josie et Grace discuter autour d'un jus d'orange et file dans la rue, un nœud au ventre. Warren ne devrait pas tarder. Que vais-je lui dire ? Nous ne nous sommes pas vus depuis six mois, je l'ai lâchement abandonné la dernière fois pour revenir à New York, après lui avoir fait un don dont il ne voulait pas. Il doit me détester. Et moi, je… je ne pense qu'à lui. Il hante mes nuits comme mes jours, j'ai l'impression de le voir partout. J'ai même cru qu'il était devenu serveur chez Starbucks, la semaine dernière, quand un sosie particulièrement ressemblant m'a servi mon Frappucino. Il me manque tant… mais ça, je ne peux pas lui dire. Nos vies ne sont pas compatibles. Et puis… Paxie Harwell n'a rien à voir avec lui. C'est Paxie Higgins qui l'attirait.

Enfin, un taxi s'arrête devant moi. J'observe Warren en descendre de sa démarche gracieuse.

Des fourmis remontent le long de mon échine, je plonge mes mains dans mes poches pour en cacher le tremblement.

Il s'arrête devant moi, le col de son manteau de laine relevé contre ses joues. Son souffle crée de la buée devant ses lèvres.

— Salut.

— Salut, toi aussi, dis-je du tac au tac.

Il esquisse un sourire en diagonale, mais son visage se referme aussitôt quand il donne un coup de tête vers le bâtiment.

— Ma fille va bien ?

— Oui, ne t'inquiète pas. Elle est avec Josie, elle n'a rien à craindre.

— Bien.

Un silence ponctue sa phrase, s'étire dans la nuit. Je ne peux détacher mon regard du sien. Ses prunelles argentées reflètent les lumières de la ville. La même barbe de trois jours que je lui connais ombre ses joues. J'ai envie d'y passer mes doigts. Je me retiens en plantant mes ongles dans ma chair. C'est du passé.

— Alors… tu es en ville ?

— Oui. C'était un séjour prévu depuis longtemps.

— Avec ta copine ? demandé-je, l'air de rien.

— Non, je suis célibataire.

Son regard me renvoie un « Et toi ? ». J'ai envie de lui répondre « Il suffit de lire les magazines, idiot », mais je me retiens, encore une fois. Je n'ai pas envie de le froisser. Je n'ai pas envie qu'il parte. Même s'il est le passé. Il m'a tellement manqué que je pourrais m'accrocher à lui jusqu'à demain, rien que pour sentir son cœur battre contre le mien.

— Tu montres la Grande Pomme à tes enfants ?

— Entre autres.

— Séjour professionnel ?

— Pas du tout.

Il inspire profondément. Ses mains sont agitées, il n'arrête pas de triturer ses poches, incarnant la nervosité même.

— En fait, je venais ici pour quelqu'un.

Le sang cogne à mes tempes. Une autre femme ?

— Qui donc ? demandé-je d'une voix rauque.

— Trump.

Déçue, je refoule mes larmes. Trump ? Sérieusement,

Trump ? Et pourquoi il rit, cet idiot ? Il n'aurait pas pu dire « pour toi » ? Il n'aurait pas pu me prouver que je lui manque ? Pourquoi il me fait ça ? Il veut quoi ? Revenir dans ma vie pour me faire encore plus de mal ? Il ne comprend pas combien sa présence ici est douloureuse ?

— Paxie.

— Quoi ? aboyé-je.

— C'était une plaisanterie. C'est pour toi que je suis ici. Rien que pour toi. J'ouvre la bouche, incapable de sortir un mot. Pour moi ?

— Je n'arrive pas à t'oublier. Surtout quand ma fille me montre tous les articles te concernant. J'ai essayé, pendant six mois. J'ai tout tenté pour t'oublier. Mais, je ne peux pas… Je ne peux pas me passer de toi. Tu hantes mes jours et mes nuits, Paxie Harwell.

Des larmes dévalent mes joues. Je n'arrive pas à croire qu'il vient de prononcer de telles paroles. Je les ai tant espérées qu'elles me paraissent irréelles. Je secoue fermement la tête, sûre et certaine qu'il s'est trompé.

— Tu tiens à Paxie Higgins.

— Non. Je tiens à Paxie, tout simplement.

Il relève mon menton de son doigt, avec une douceur inouïe. Je tremble de tout mon corps.

— Je t'aime, tu comprends ?

C'est trop pour moi. Je plonge dans ses bras, me nichant dans son odeur. Je tremble si fort que mes dents s'entrechoquent.

— Tu m'as tellement manqué, Warren.

— Toi aussi. Et puis, je te dois cinquante mille dollars, non ? souffle-t-il contre mes cheveux.

Je lâche un gloussement étouffé, partagée entre l'hilarité et les larmes. Je n'arrive pas à croire qu'il est là, tout contre moi, que je sens son cœur contre ma poitrine. Enfin.

— Tu peux me rembourser en nature, dis-je en frottant mon nez contre sa joue râpeuse.

Il passe la main dans mes cheveux, sourire aux lèvres.

— Avec plaisir, Paxie Harwell.

Épilogue

PAXIE HARWELL, UNE « FILLE DE » DISCRÈTE, MAIS EFFICACE

New-Zork – Samedi 11 janvier 2020

Connaissez-vous Paxie Harwell ? Si vous lisez fréquemment notre magazine, oui. Sinon, voici un petit résumé : fille de William et Keira Harwell, millionnaires au patronyme entaché par une affaire d'escroquerie financière, cette trentenaire aurait pu finir comme d'autres, dans l'alcool et la drogue. Mais, non. Paxie a choisi de faire le bien autour d'elle à travers sa fondation « Humanité ». En permettant à tout un chacun de se côtoyer à travers des galas et des soirées à travers toute l'Amérique, la fille Harwell injecte de l'argent dans les causes les plus variées et donne le sourire à tous.
À vos agendas, mardi 14 janvier, une soirée aura lieu à Yeah dans la quatrième avenue, en faveur

des sans-abri. Tout le monde y est invité. Oui, vous aussi, vous pouvez aider votre prochain grâce à Paxie Harwell !
Une « fille de » qui réussit et qui pense aux autres, chez New-Zork, on aime ça ! Et vous ?

UN NOUVEAU SOUFFLE POUR LES HARWELL

Famille – 27 mars 2020

Si vous lisez notre magazine, vous n'êtes pas passé à côté du phénomène « Paxie ». En organisant des soirées caritatives pour tous, la jeune Harwell a donné un coup de projecteur sur sa famille et a redoré le blason des siens.
Pourtant, l'affaire n'était pas gagnée pour elle. En effet, le nom des Harwell a été entaché il y a peu : après avoir fait l'objet d'une enquête pour fraude financière, Keira Harwell s'était retrouvée en maison d'arrêt et est restée derrière les barreaux pendant sept longs mois.
Mais, sa fille a su donner un nouveau souffle à cette famille grâce à sa fondation « Humanité » ! Aujourd'hui, auprès de son mari et de ses proches, Paxie prouve que le malheur n'est pas une fatalité et qu'on peut rebondir après les événements les plus difficiles !

UN BÉBÉ POUR PAXIE !

Unis — 16 juin 2021

Carnet rose : La petite Emma Harwell-Rozel est arrivée, pour le bonheur de ses parents, Warren Rozel et Paxie Harwell ainsi que de son frère et sa sœur, Grace et Liam. Nous leur souhaitons beaucoup de bonheur !

Remerciements

Il a toujours été là pour me soutenir, pour me pousser au meilleur, pour m'épauler dans toutes les épreuves de ma vie, merci à Matthieu, l'homme de ma vie.
Parce qu'elles ont été mes sources d'inspiration, mais également des épaules sur lesquelles m'appuyer, je voudrais remercier mes chères amies Lena Walker, Roxanne Belo, Julie JKR et Nora TaoReader.
Merci également à Vanessa, qui m'a poussée à reprendre le chemin de l'écriture et à mes amies, Élodie et Amélie pour leur amitié qui m'est si précieuse.
Et enfin, merci à Raphaëlle pour sa gentillesse et sa patience face à mes (nombreuses) questions !

Achevé d'imprimer en mai 2019
sur les presses de la Nouvelle Imprimerie Laballery
58500 Clamecy
Dépôt légal : juin 2019
Numéro d'impression : 905303

Imprimé en France

La Nouvelle Imprimerie Laballery est titulaire de la marque Imprim'Vert®